Paru dans Le Livre de Poche :

ARSÈNE LUPIN, GENTLEMAN CAMBRIOLEUR
ARSÈNE LUPIN CONTRE HERLOCK SHOLMES
LA COMTESSE DE CAGLIOSTRO
L'AIGUILLE CREUSE
LES CONFIDENCES D'ARSÈNE LUPIN
LE BOUCHON DE CRISTAL
LES HUIT COUPS DE L'HORLOGE
LA DEMOISELLE AUX YEUX VERTS
LA BARRE-Y-VA
LE TRIANGLE D'OR
L'ILE AUX TRENTE CERCUEILS
LES DENTS DU TIGRE
LA DEMEURE MYSTÉRIEUSE
L'ÉCLAT D'OBUS
L'AGENCE BARNETT ET Cie
LA FEMME AUX DEUX SOURIRES
VICTOR, DE LA BRIGADE MONDAINE
LA CAGLIOSTRO SE VENGE
LES TROIS YEUX
LE FORMIDABLE ÉVÉNEMENT
DOROTHÉE, DANSEUSE DE CORDE
L'ARRESTATION D'ARSÈNE LUPIN
813 : LA DOUBLE VIE D'ARSÈNE LUPIN
813 : LES TROIS CRIMES D'ARSÈNE LUPIN
LA VIE EXTRAVAGANTE DE BALTHAZAR
LE CABOCHON D'ÉMERAUDE *précédé de*
L'HOMME À LA PEAU DE BIQUE
LE COLLIER DE LA REINE *et autres nouvelles*
LE DERNIER AMOUR D'ARSÈNE LUPIN
LES PLUS BELLES AVENTURES D'ARSÈNE LUPIN

MAURICE LEBLANC

La Demeure mystérieuse

LE LIVRE DE POCHE

© Claude Leblanc et Librairie Générale Française, 1969.
ISBN : 978-2-253-00603-9 – 1ʳᵉ publication LGF

En relisant les livres où sont racontées, aussi fidèlement que possible, quelques-unes de mes aventures, je m'aperçois que, somme toute, chacune d'elles résulta d'un élan spontané qui me jetait à la poursuite d'une femme. La Toison d'or se transformait, mais c'était toujours la Toison d'or que je cherchais à conquérir. Et comme, d'autre part, les circonstances m'obligeaient chaque fois à changer de nom et de personnalité, j'avais, chaque fois, l'impression que je commençais une vie nouvelle, avant laquelle je n'avais pas encore aimé, après laquelle je ne devais plus jamais aimer.

Ainsi, quand je tourne les yeux vers le passé, ce n'est pas Arsène Lupin que j'avise aux pieds de la Cagliostro, ou de Sonia Krichnoff, ou de Dolorès Kesselbach, ou de la Demoiselle aux yeux verts... c'est Raoul d'Andrésy, le duc de Charmerace, Paul Sernine, ou le baron de Limésy. Tous me paraissent différents de moi et différents les uns des autres. Ils m'amusent, m'inquiètent, me font sourire, me tourmentent, comme si je n'avais pas vécu moi-même leurs diverses amours.

Au milieu de tous ces aventuriers, qui me ressemblent comme des frères inconnus, peut-être ai-je quelque préférence pour le vicomte d'Enneris, gentilhomme-navigateur et gentleman-détective, qui batailla autour de la Demeure mystérieuse pour conquérir le cœur de l'émouvante Arlette, petit mannequin de Paris...

EXTRAIT DES MÉMOIRES INÉDITS
D'ARSÈNE LUPIN

I

RÉGINE, ACTRICE

L'idée, charmante, avait reçu le meilleur accueil dans ce Paris généreux qui associe volontiers ses plaisirs à des manifestations charitables. Il s'agissait de présenter sur la scène de l'Opéra, entre deux ballets, vingt jolies femmes, artistes ou mondaines, habillées par les plus grands couturiers. Le vote des spectateurs désignerait les trois plus jolies robes, et la recette de cette soirée serait distribuée aux trois ateliers qui les auraient confectionnées. Résultat : un voyage de quinze jours sur la Riviera pour un certain nombre de midinettes.

D'emblée un mouvement se déclencha. En quarante-huit heures, la salle fut louée jusqu'aux plus petites places. Et, le soir de la représentation, la foule se pressait, élégante, bourdonnante et pleine d'une curiosité qui croissait de minute en minute.

Au fond, les circonstances avaient fait que cette curiosité se trouvait pour ainsi dire ramassée sur un seul point, et que toutes les paroles échangées avaient pour objet une même chose qui fournissait aux conversations un aliment inépuisable. On savait que l'admirable Régine Aubry, vague chanteuse de petit théâtre, mais très grande beauté, devait paraître avec une robe de chez Valmenet, que recouvrait une merveilleuse tunique ornée des plus purs diamants.

Et l'intérêt se doublait d'un problème palpitant

d'intérêt : l'admirable Régine Aubry, qui depuis des mois était poursuivie par le richissime lapidaire Van Houben, avait-elle cédé à la passion de celui qu'on appelait l'Empereur du diamant ? Tout semblait l'indiquer. La veille, dans une interview, l'admirable Régine avait répondu :

« Demain je serai vêtue de diamants. Quatre ouvriers, choisis par Van Houben, sont en train, dans ma chambre, de les attacher autour d'un corselet et d'une tunique d'argent. Valmenet est là, qui dirige le travail. »

Or, dans sa loge de corbeille, Régine trônait, en attendant son tour d'exhibition, et la foule défilait devant elle comme devant une idole. Régine avait vraiment droit à cette épithète d'admirable que l'on accolait toujours à son nom. Par un phénomène singulier, son visage alliait ce qu'il y avait de noble et de chaste dans la beauté antique à tout ce que nous aimons aujourd'hui de gracieux, de séduisant et d'expressif. Un manteau d'hermine enveloppait ses épaules célèbres et cachait la tunique miraculeuse. Elle souriait, heureuse et sympathique. On savait que devant les portes du couloir trois détectives veillaient, robustes et graves comme des policemen anglais.

À l'intérieur de la loge, deux messieurs se tenaient debout, le gros Van Houben d'abord, le galant lapidaire, qui se faisait par sa coiffure et par le rouge factice de ses pommettes une pittoresque tête de faune. On ignorait l'origine exacte de sa fortune. Jadis marchand de perles fausses, il était revenu d'un long voyage transformé en puissant seigneur du diamant, sans qu'il fût possible de dire comment s'était opérée cette métamorphose.

L'autre compagnon de Régine restait dans la pénombre. On le devinait jeune et de silhouette à la fois fine et vigoureuse. C'était le fameux Jean d'Enneris qui, trois mois auparavant, débarquait du canot automobile sur lequel il avait effectué, seul, le tour du monde. La semaine précédente, Van Houben, qui venait de faire sa connaissance, l'avait présenté à Régine.

Le premier ballet se déroula au milieu de l'inattention générale. Durant l'entracte, Régine, prête à sortir, causait dans le fond de sa loge. Elle se montrait plutôt caustique et agressive envers Van Houben, aimable au contraire avec d'Enneris, comme une femme qui cherche à plaire.

« Eh ! eh ! Régine, lui dit Van Houben, que ce manège semblait agacer, vous allez lui tourner la tête, au navigateur. Songez qu'après une année vécue sur l'eau un homme s'enflamme aisément. »

Van Houben riait toujours très fort de ses plaisanteries les plus vulgaires.

« Mon cher, observa Régine, si vous n'étiez pas le premier à rire je ne m'apercevrais jamais que vous avez essayé de faire de l'esprit. »

Van Houben soupira, et, affectant un air lugubre :

« D'Enneris, un conseil. Ne perdez pas la tête pour cette femme. Moi, j'ai perdu la mienne, et je suis malheureux comme un tas de pierres... de pierres précieuses », ajouta-t-il, avec une lourde pirouette.

Sur la scène, le défilé des robes commençait. Chacune des concurrentes demeurait environ deux minutes, se promenait, s'asseyait, évoluait à la façon des mannequins dans les salons de couture.

Son tour approchant, Régine se leva.

« J'ai un peu le trac, dit-elle. Si je ne décroche pas le premier prix, je me brûle la cervelle. Monsieur d'Enneris, pour qui votez-vous ?

— Pour la plus belle, répondit-il, en s'inclinant.

— Parlons de la robe...

— La robe m'est indifférente. C'est la beauté du visage et le charme du corps qui importent.

— Eh bien, dit Régine, la beauté et le charme, admirez-les donc chez la jeune personne qu'on applaudit en ce moment. C'est un mannequin de la maison Chernitz, dont les journaux ont parlé, qui a composé sa toilette elle-même et en a confié l'exécution à ses camarades. Elle est délicieuse, cette enfant. »

La jeune fille, en effet, fine, souple, harmonieuse de gestes et d'attitudes, donnait l'impression de la grâce même, et, sur son corps onduleux, sa robe, très simple cependant mais d'une ligne infiniment pure, révélait un goût parfait et une imagination originale.

« Arlette Mazolle, n'est-ce pas ? dit Jean d'Enneris en consultant le programme.

— Oui », fit Régine.

Et elle ajouta, sans aigreur ni envie :

« Si j'étais du jury, je n'hésiterais pas à placer Arlette Mazolle en tête de ce classement. »

Van Houben fut indigné.

« Et votre tunique, Régine ? Que vaut l'accoutrement de ce mannequin à côté de votre tunique ?

— Le prix n'a rien à voir...

— Le prix compte par-dessus tout, Régine. Et c'est pourquoi je vous conjure de faire attention.

— À quoi ?

— Aux pickpockets. Rappelez-vous que votre tunique n'est pas tissée avec des noyaux de pêche. »

Il éclata de rire. Mais Jean d'Enneris l'approuva.

« Van Houben a raison, et nous devrions vous accompagner.

— Jamais de la vie, protesta Régine. Je tiens à ce que vous me disiez l'effet que je produis d'ici, et si je n'ai pas l'air trop godiche sur la scène de l'Opéra.

— Et puis, dit Van Houben, le brigadier de la sûreté Béchoux répond de tout.

— Vous connaissez donc Béchoux ? fit d'Enneris d'un air intéressé... Béchoux, le policier qui s'est rendu célèbre par sa collaboration avec le mystérieux Jim Barnett, de l'agence Jim Barnett et Cie ?...

— Ah ! il ne faut pas lui en parler, de ce maudit Barnett. Ça le rend malade. Il paraît que Barnett lui en a fait voir de toutes les couleurs !

— Oui, j'ai entendu parler de cela... L'histoire de l'homme aux dents d'or ? et les douze Africaines de Béchoux[1] ? Alors c'est Béchoux qui a organisé la défense de vos diamants ?

---

1. *L'Agence Barnett et Cie*.

— Oui, il partait en voyage pour une dizaine de jours. Mais il m'a engagé à prix d'or trois anciens policiers, des gaillards qui veillent à la porte. »

D'Enneris observa :

« Vous auriez engagé un régiment que cela ne suffirait pas pour déjouer certaines ruses... »

Régine s'en était allée et, flanquée de ses détectives, sortait de la salle et pénétrait dans les coulisses. Comme elle passait au onzième tour et qu'il y avait un léger intervalle après la dixième concurrente, une attente presque solennelle précéda son entrée. Le silence s'établit. Les attitudes se fixèrent. Et soudain une formidable acclamation : Régine s'avançait.

Il y a dans la réunion de la beauté parfaite et de la suprême élégance un prestige qui émeut les foules. Entre l'admirable Régine Aubry et le luxe raffiné de sa toilette existait une harmonie dont on recevait l'impression avant d'en saisir la cause. Mais surtout l'éclat des joyaux fixait les regards. Au-dessus de la jupe, une tunique lamée d'argent était serrée à la taille par une ceinture de pierreries et emprisonnait la poitrine dans un corselet qui semblait fait uniquement de diamants. Ils éblouissaient. Ils entrecroisaient leurs scintillements jusqu'à ne former autour du buste qu'une flamme légère, multicolore et frissonnante.

« Crebleu ! dit Van Houben, c'est encore plus beau que je ne croyais, ces sacrés cailloux ! Et ce qu'elle les porte bien, la mâtine ! En a-t-elle de la race ? Une impératrice ! »

Il modula un petit ricanement.

« D'Enneris, je vais vous confier un secret. Savez-vous pourquoi j'ai paré Régine de tous ces cailloux ? Eh bien, d'abord pour lui en faire cadeau le jour où elle m'accorderait sa main... sa main gauche, bien entendu (il pouffa de rire) et ensuite parce que cela me permet de la gratifier d'une garde d'honneur qui me renseigne un peu sur ses faits et gestes. Ce n'est pas que je redoute les amoureux... mais je suis de ceux qui ouvrent l'œil... et le bon ! »

Il tapotait l'épaule de son compagnon en ayant l'air

de lui dire : « Toi, mon petit, ne t'y frotte pas. » D'Enneris le rassura.

« De mon côté, Van Houben, vous pouvez être tranquille. Je ne fais jamais la cour aux femmes ou aux amies de mes amis. »

Van Houben fit la grimace. Jean d'Enneris lui avait parlé, comme à l'ordinaire, sur un petit ton de persiflage qui pouvait prendre dans l'occurrence une signification assez injurieuse. Il résolut d'en avoir le cœur net et se pencha sur d'Enneris.

« Reste à savoir si vous me comptez comme un de vos amis ? »

D'Enneris, à son tour, lui saisit le bras.

« Taisez-vous...
— Hein ? Quoi ? Vous avez une façon...
— Taisez-vous.
— Qu'y a-t-il ?
— Quelque chose d'anormal.
— Par où ?
— Dans les coulisses.
— À propos de quoi ?
— À propos de vos diamants. »

Van Houben sauta sur place.

« Eh bien ?
— Écoutez. »

Van Houben prêta l'oreille.

« Je n'entends rien.
— Peut-être me suis-je trompé, avoua d'Enneris. Cependant il m'avait paru... »

Il n'acheva pas. Les premiers rangs de l'orchestre et les premières places dans les loges de scène s'agitaient, et l'on regardait comme s'il se produisait, aux profondeurs des coulisses, ce quelque chose qui avait éveillé l'attention de d'Enneris. Des gens, même, se levèrent, avec des signes d'effroi. Deux messieurs en habit coururent à travers la scène. Et soudain des clameurs retentirent. Un machiniste affolé hurla :

« Au feu ! au feu ! »

Une lueur jaillit sur la droite. Un peu de fumée tourbillonna. D'un côté à l'autre du plateau, tout le monde des figurants et des machinistes s'élança dans la même direction. Parmi eux un homme bondit, qui, lui aussi, surgissait de la droite, en brandissant au bout de ses bras tendus un manteau de fourrure qui lui cachait le visage et en vociférant comme les machinistes :

« Au feu ! au feu ! »

Régine avait tout de suite voulu sortir ; mais ses forces l'avaient trahie et elle était tombée à genoux, toute défaillante. L'homme l'enveloppa dans le manteau, la jeta sur son épaule et se sauva, mêlé à la foule des fugitifs.

Avant même qu'il eût agi, peut-être même avant qu'il eût paru, Jean d'Enneris s'était dressé au bord de sa loge et proférait, dominant la multitude du rez-de-chaussée que la panique agitait déjà :

« Qu'on ne bouge pas ! c'est un coup monté ! »

Et, désignant l'homme qui enlevait Régine, il cria :

« Arrêtez-le ! arrêtez-le ! »

Il était trop tard d'ailleurs, et l'incident passa inaperçu. Aux fauteuils, on se calmait. Mais, sur le plateau, la débandade continuait, dans un tumulte tel qu'aucune voix ne pouvait être entendue. D'Enneris sauta, franchit la salle et l'orchestre, et, sans effort, escalada la scène. Il suivit le troupeau affolé et parvint jusqu'aux sorties des artistes, sur le boulevard Haussmann. Mais où chercher ? À qui s'adresser pour retrouver Régine Aubry ?

Il interrogea. Personne n'avait rien vu. Dans le désarroi général, chacun ne pensait qu'à soi, et l'agresseur avait pu aisément, sans être remarqué, emporter Régine Aubry, galoper par les couloirs et les escaliers, et sortir.

Il avisa le gros Van Houben, essoufflé, et dont le rouge des pommettes, délayé par la sueur, coulait sur les joues, et il lui dit :

« Escamotée ! grâce à vos sacrés diamants... L'individu l'aura jetée dans quelque automobile toute prête pour la recevoir. »

Van Houben tira de sa poche un revolver. D'Enneris lui tordit le poignet.

« Vous n'allez pas vous tuer, hein ?

— Fichtre non ! dit l'autre, mais le tuer, lui.
— Qui, lui ?
— Le voleur. On le trouvera ! il faut le trouver. Je remuerai ciel et terre ! »

Il avait l'air égaré et pivotait sur lui-même comme une toupie au milieu des gens qui s'esclaffaient.

« Mes diamants ! je ne me laisserai pas faire ! on n'a pas le droit !... l'État est responsable... »

D'Enneris ne s'était pas trompé. L'individu, tenant sur l'épaule Régine évanouie et recouverte du manteau de fourrure, avait traversé le boulevard Haussmann et s'était dirigé vers la rue de Mogador. Une auto y stationnait. À son approche, la portière s'ouvrit et une femme, dont une dentelle épaisse enveloppait la tête, tendit les bras. L'individu lui passa Régine en disant :

« Le coup a réussi... Un vrai miracle ! »

Puis il referma la portière, monta sur le siège de devant et démarra.

L'engourdissement où l'épouvante avait plongé l'actrice dura peu. Elle se réveilla dès qu'elle eut l'impression qu'on s'éloignait de l'incendie, ou de ce qu'elle croyait un incendie, et sa première idée fut de remercier celui ou ceux qui l'avaient sauvée. Mais, tout de suite, elle se sentit étouffée par quelque chose dont sa tête était entourée et qui l'empêchait de respirer à son aise et de voir.

« Qu'est-ce qu'il y a ? » murmura-t-elle.

Une voix très basse, qui semblait une voix de femme, lui dit à l'oreille :

« Ne bougez pas. Et si vous appelez au secours, tant pis pour vous, ma petite. »

Régine éprouva une vive douleur à l'épaule et cria.

« Ce n'est rien, dit la femme. La pointe d'un couteau... Dois-je appuyer ? »

Régine ne remua plus. Ses idées cependant s'ordonnaient, la situation apparaissait sous son aspect véritable, et, en se rappelant les flammes entrevues et le commencement d'incendie, elle se répétait :

« J'ai été enlevée... enlevée par un homme qui a profité de la panique... et qui m'emporte avec l'aide d'une complice. »

Doucement elle tâtonna, de sa main libre : le corselet de diamants était là et devait être intact.

L'auto filait à une allure rapide. Quant à deviner la route suivie, Régine, dans la prison de ténèbres où elle se trouvait, n'y songea point. Elle avait l'impression que l'on tournait souvent, à virages brusques, sans doute pour échapper à une poursuite possible, et pour qu'elle ne pût, elle, s'y reconnaître.

En tout cas, on ne s'arrêta devant aucun octroi, ce qui prouvait qu'on ne sortait pas de Paris. De plus, les lumières des becs électriques se succédaient à intervalles rapprochés et jetaient dans la voiture de vives clartés qu'elle apercevait.

C'est ainsi que, la femme ayant un peu desserré son étreinte, et le manteau s'étant légèrement écarté, Régine put voir deux doigts de la main qui se crispaient autour de la fourrure, et l'un de ces doigts, l'index, portait une bague faite de trois petites perles fines disposées en triangle.

Le trajet dura peut-être vingt minutes. Puis l'auto ralentit et fit halte. L'homme sauta du siège. Les deux battants d'une porte s'ouvrirent lourdement l'un après l'autre, et l'on entra dans ce qui devait être une cour intérieure.

La femme aveugla Régine le plus possible et, assistée de son complice, l'aida à descendre.

On monta un perron de six marches en pierre. Puis on traversa un vestibule dallé, et ce furent ensuite les vingt-cinq marches d'un escalier, garni d'un tapis et bordé d'une vieille rampe, qui les conduisit dans une pièce du premier étage.

L'homme, à son tour, lui dit, très bas également et à l'oreille :

« Vous êtes arrivée. Je n'aime pas agir brutalement, et il ne vous sera fait aucun mal si vous me donnez votre tunique de diamants. Vous y consentez ?

— Non, riposta vivement Régine.

— Il nous est facile de vous la prendre, et nous l'aurions pu déjà, dans l'auto.

— Non, non, fit-elle, avec une surexcitation fébrile. Pas cette tunique... Non... »

L'individu prononça :

« J'ai tout risqué pour l'avoir. Je l'ai maintenant. Ne résistez pas. »

L'actrice se raidit dans un effort violent. Mais il murmura, tout près d'elle :

« Dois-je me servir moi-même ? »

Régine sentit une main dure qui empoignait son corselet et qui frôlait la chair de ses épaules. Alors elle s'effara.

« Ne me touchez pas ! Je vous le défends... Voilà... tout ce que vous voudrez... je consens à tout... mais ne me touchez pas, vous ! »

Il s'éloigna un peu, tout en restant derrière elle. Le vêtement de fourrure glissa le long de Régine et elle reconnut que ce vêtement était le sien. Elle s'assit, épuisée. Elle pouvait voir maintenant la pièce où elle se trouvait, et elle vit que la femme voilée, qui s'était mise à dégrafer le corselet de pierreries et la tunique d'argent, portait un vêtement prune avec des bandes de velours noir.

La pièce, très éclairée par l'électricité, était un salon de grandes dimensions, avec des fauteuils et des chaises garnis de soie bleue, de hautes tapisseries, des consoles et des boiseries blanches admirables et du plus pur style Louis XVI. Un trumeau surmontait la vaste cheminée qu'ornaient deux coupes de bronze doré et une pendule à colonnettes de marbre vert. Aux murs quatre appliques et, au plafond, deux lustres formés de mille petits cristaux taillés.

Inconsciemment, Régine enregistrait tous ces détails, tandis que la femme retirait la tunique et le corselet, lui laissant le simple fourreau lamé d'argent qui dégageait ses bras et ses épaules. Régine nota aussi le parquet composé de lames croisées et en bois d'essences diverses, et elle observa un tabouret aux pieds d'acajou.

C'était fini. La lumière s'éteignit d'un coup. Dans l'ombre, elle entendit :

« Parfait. Vous avez été raisonnable. Nous allons vous reconduire. Tenez, je vous laisse même votre manteau de fourrure. »

On lui entoura la tête avec une étoffe légère qui devait être un voile de dentelle semblable à celui de la femme. Puis elle fut placée dans l'automobile, et le voyage recommença avec les mêmes tournants brusques.

« Nous y voici, chuchota l'homme en ouvrant la portière et en la faisant descendre. Comme vous le voyez, cela n'a pas été bien grave, et vous retournez sans une égratignure. Mais, si j'ai un conseil à vous donner, c'est de ne pas souffler mot de ce que vous avez pu voir ou deviner. Vos diamants ont été volés. Un point, c'est tout. Oubliez le reste. Mes hommages respectueux. »

L'auto fila rapidement. Régine ôta son voile et reconnut la place du Trocadéro. Si près qu'elle fût de son appartement (elle habitait à l'entrée de l'avenue Henri-Martin), il lui fallut un effort prodigieux pour s'y rendre. Ses jambes fléchissaient sous elle, son cœur battait à lui faire mal. Il lui semblait à tout instant qu'elle allait tournoyer et s'abattre comme une masse. Mais, au moment où ses forces l'abandonnaient, elle avisa quelqu'un qui venait en courant à sa rencontre, et elle se laissa tomber dans les bras de Jean d'Enneris, qui l'assit sur un banc de l'avenue déserte.

« Je vous attendais, dit-il, très doucement. J'étais certain qu'on vous reconduirait près de votre maison, dès que les diamants seraient volés. Pourquoi vous eût-on gardée ? C'eût été trop périlleux. Reposez-vous quelques minutes... et puis ne pleurez plus. »

Elle sanglotait, tout à coup détendue et pleine d'une confiance subite en cet homme qu'elle connaissait à peine.

« J'ai eu si peur, dit-elle... et j'ai peur encore... Et puis ces diamants... »

Un instant plus tard il la fit entrer, la mit dans l'ascenseur et la conduisit chez elle.

Ils trouvèrent la femme de chambre qui arrivait, effarée, de l'Opéra, et les autres domestiques. Puis Van Houben fit irruption, les yeux désorbités.

« Mes diamants ! vous les rapportez, hein, Régine ?... Vous les avez défendus jusqu'à la mort, mes diamants ?... »

Il constata que le corselet précieux et que la tunique avaient été arrachés, et il eut un accès de délire. Jean d'Enneris lui ordonna :

« Taisez-vous... Vous voyez bien que madame a besoin de repos.

— Mes diamants ! Ils sont perdus... Ah ! si Béchoux était là ! Mes diamants !

— Je vous les rendrai. Fichez-nous la paix. »

Sur un divan, Régine se convulsait avec des spasmes et des gémissements. D'Enneris se mit à lui baiser le front et les cheveux, sans trop appuyer, et d'une façon méthodique.

« Mais c'est inconcevable ! s'écria Van Houben, hors de lui. Qu'est-ce que vous faites ?

— Laissez, laissez, dit Jean d'Enneris. Rien de plus réconfortant que ce petit massage. Le système nerveux s'équilibre, le sang afflue, une tiédeur bienfaisante circule dans ses veines. C'est comme des passes magnétiques. »

Et, sous les regards furibonds de Van Houben, il continuait son agréable besogne, tandis que Régine renaissait à la vie et semblait se prêter avec complaisance à cet ingénieux traitement.

II

ARLETTE, MANNEQUIN

C'était la fin de l'après-midi, huit jours plus tard. Les clients du grand couturier Chernitz commençaient à quitter les vastes salons de la rue du Mont-Thabor, et, dans la pièce réservée aux mannequins, Arlette Mazolle et ses camarades, moins occupées par les présentations des modèles, pouvaient se livrer à leurs occupations favorites, c'est-à-dire tirer les cartes, jouer à la belote et manger du chocolat.

« Décidément, Arlette, s'écria l'une d'elles, les cartes ne t'annoncent qu'aventures, bonheur et fortune.

— Et elles disent la vérité, fit une autre, puisque la chance d'Arlette a déjà commencé l'autre soir au concours de l'Opéra. Le premier prix ! »

Arlette déclara :

« Je ne le méritais pas. Régine Aubry était mieux que moi.

— Des blagues ! On a voté pour toi, en masse.

— Les gens ne savaient pas ce qu'ils faisaient. Ce début d'incendie avait vidé la salle aux trois quarts. Le vote ne compte pas.

— Évidemment, tu es toujours prête à t'effacer devant les autres, Arlette. N'empêche qu'elle doit rogner, Régine Aubry !

— Eh bien, pas du tout. Elle est venue me voir, et je t'assure qu'elle m'a embrassée de bon cœur.

— Elle t'a embrassé « jaune ».

— Pourquoi serait-elle jalouse ? Elle est si jolie ! »

Une « petite main » venait d'apporter un journal du soir. Arlette le déplia et dit :

« Ah ! tenez, on parle de l'enquête : « Le vol des diamants... »

— Lis-nous ça, Arlette.

— Voilà. « Le mystérieux incident de l'Opéra n'est pas encore sorti de la période des investigations. L'hypothèse la plus généralement admise, au Parquet comme à la Préfecture, serait qu'on se trouve en face d'un coup préparé dans l'intention de voler les diamants de Régine Aubry. On n'a pas le signalement, même approximatif, de l'homme qui a enlevé la belle artiste, puisqu'il dissimulait sa figure. On suppose que c'est lui qui pénétra dans l'Opéra, comme garçon livreur, avec d'énormes gerbes de fleurs qu'il déposa près d'un battant. La femme de chambre se souvient vaguement de l'avoir vu et prétend qu'il avait des chaussures à tige de drap clair. Les gerbes devaient être fausses et enduites d'une matière spécialement combustible qu'il lui fut facile d'enflammer. Il n'eut dès lors qu'à profiter de l'inévitable panique que ce commencement d'incendie déchaînait, comme il l'avait prévu, pour arracher le vêtement de fourrure aux bras de la femme de chambre et pour exécuter son plan. On n'en peut dire davantage, puisque Régine Aubry, interrogée plusieurs fois déjà, est dans l'impossibilité de préciser le chemin suivi par l'auto, de donner son impression sur le ravisseur et sur sa complice et, sauf certains détails secondaires, de décrire l'hôtel particulier où elle fut dépouillée du précieux corselet. »

— Ce que j'aurais eu peur, toute seule dans cette maison avec cet homme et cette femme ! dit une jeune fille. Et toi, Arlette ?

— Moi aussi. Mais je me serais bien débattue... J'ai du courage sur le moment. C'est après que je tourne de l'œil.

— Mais, cet individu, tu l'as vu passer, à l'Opéra ?

— J'ai vu... rien du tout !... J'ai vu une ombre qui en tenait une autre, et je ne me suis même pas demandé ce que c'était. J'avais assez de me tirer d'affaire. Pensez donc ! le feu !

— Et tu n'as rien observé ?...

— Si. La tête de Van Houben, dans les coulisses.

— Tu le connaissais donc ?

— Non, mais il hurlait : « Mes diamants ! dix millions de diamants ! C'est affreux ! Quelle catastrophe ! » et il sautait d'un pied sur l'autre comme si les planches le brûlaient. Tout le monde se tenait les côtes.

Elle s'était levée et gaiement sautait comme Van Houben. Elle avait, dans la robe très simple qu'elle portait — une robe de serge noire, à peine serrée à la taille — la même élégance onduleuse que dans sa riche toilette de l'Opéra. Son corps long et mince, bien proportionné, se devinait comme la chose du monde la plus parfaite. Le visage était fin et délicat, la peau mate, les cheveux ondulés et d'une jolie couleur blonde.

« Danse, Arlette, puisque tu es debout, danse ! »

Elle ne savait pas danser. Mais elle prenait des poses, et elle faisait des pas, qui étaient comme la mise en scène plus fantaisiste de ses présentations de modèles. Spectacle amusant et gracieux dont ses compagnes ne se lassaient point. Toutes, elles l'admiraient, et, pour elles toutes, Arlette était une créature spéciale, promise à un destin de luxe et de fête.

« Bravo, Arlette, s'écriaient-elles, tu es ravissante.

— Et tu es la meilleure des camarades puisque, grâce à toi, trois d'entre nous vont filer sur la Côte d'Azur. »

Elle s'assit en face d'elles, et rose d'animation, les yeux brillants, elle leur dit, d'un ton de demi-confidence où il y avait un peu d'exaltation souriante, de la tristesse aussi, et de l'ironie :

« Je ne suis pas meilleure que vous, pas plus adroite que toi, Irène, moins sérieuse que Charlotte, et moins honnête que Julie. J'ai des amoureux comme vous... qui m'en demandent plus que je ne veux leur donner... mais à qui tout de même je donne plus que je ne voudrais. Et je sais qu'un jour ou l'autre, ça finira mal. Que voulez-vous ? On ne nous épouse guère, nous. On nous voit avec de trop belles robes, et on a peur.

— Qu'est-ce que tu crains, toi ? dit une des jeunes filles. Les cartes te prédisent la fortune.

— Par quel moyen ? Le vieux monsieur riche ? Jamais. Et cependant, je veux arriver.

— À quoi ?

— Je ne sais pas... Tout cela tourbillonne dans ma tête. Je veux l'amour, et je veux l'argent.

— À la fois ? Mazette ! et pour quoi faire ?

— L'amour pour être heureuse.

— Et l'argent ?

— Je ne sais pas trop. J'ai des rêves, des ambitions, dont je vous ai parlé souvent. Je voudrais être riche... pas pour moi... pour les autres plutôt... pour vous, mes petites... Je voudrais...

— Continue, Arlette. »

Elle dit plus bas, en souriant :

« C'est absurde... des idées d'enfant. Je voudrais avoir beaucoup d'argent, qui ne serait pas à moi, mais dont je pourrais disposer. Par exemple, être commanditée, patronne, à la tête d'une grande maison de couture où il y aurait une organisation nouvelle, beaucoup de bien-être... et puis surtout des dots pour les ouvrières... oui, afin que chacune de vous puisse se marier à son gré. »

Elle riait gentiment de son rêve absurde. Les autres étaient graves. L'une d'elles s'essuya les yeux.

Elle poursuivit :

« Oui, des dots, de vraies dots en argent liquide... Je ne suis pas bien instruite... Je n'ai même pas mon brevet... Mais, tout de même, j'ai écrit une notice sur mes idées avec des chiffres et des fautes d'orthographe. À vingt ans on aura sa dot... et puis un trousseau pour le premier enfant... et puis...

— Arlette, au téléphone ! »

La directrice des ateliers avait ouvert la porte et appelait la jeune fille.

Celle-ci se dressa, pâle tout à coup et anxieuse.

« Maman est malade », chuchota-t-elle.

On savait, chez le couturier Chernitz, que seules étaient transmises aux employées les communications sérieuses, concernant un deuil de famille ou une maladie. Et l'on savait aussi qu'Arlette adorait sa mère, qu'elle était fille naturelle, et qu'elle avait deux sœurs, anciens mannequins, qui s'étaient enfuies à l'étranger avec des hommes.

Dans le silence, Arlette osait à peine avancer.

« Dépêchez-vous », insista la directrice.

Le téléphone se trouvait dans la pièce voisine. Pressées contre la porte entrouverte, les jeunes filles entendirent la voix défaillante de leur camarade qui balbutiait :

« Maman est malade, n'est-ce pas ? C'est son cœur ? Mais qui est à l'appareil ?... C'est vous, madame Louvain ?... Je ne reconnais pas votre voix. Et alors, un docteur ? Lequel, dites-vous ? Le docteur

Bricou, rue du Mont-Thabor, n° 3 *bis* ?... Il est prévenu ? Et je dois venir avec lui ? Bien, j'y vais. »

Sans un mot, toute tremblante, Arlette empoigna son chapeau dans un placard et se sauva. Ses camarades se précipitèrent vers la fenêtre et la virent, à la clarté des réverbères, qui courait en regardant les numéros. Tout au bout, à gauche, devant le 3 *bis* sans doute, elle s'arrêta. Il y avait une auto, et, sur le trottoir, se tenait un monsieur dont on ne voyait guère que la silhouette et les chaussures à tige claire. Il se découvrit et lui adressa la parole. Elle monta dans l'auto. Le monsieur également. La voiture fila par l'autre bout de la rue.

« C'est drôle, dit un mannequin, je passe tous les jours là-devant. Je n'ai jamais vu la moindre plaque de docteur sur une maison. Le docteur Bricou au 3 *bis*, tu connais ça, toi ?

— Non. La plaque de cuivre est peut-être sous la porte cochère.

— En tout cas, proposa la directrice, on pourrait consulter l'annuaire téléphonique... et le Tout-Paris... »

On se hâta vers la pièce voisine et des mains fébriles saisirent, sur une tablette, les deux volumes qu'elles feuilletèrent vivement.

« S'il y a un docteur Bricou au 3 *bis*, ou même un docteur quelconque, il n'a pas le téléphone », déclara une jeune fille.

Et une autre, faisant écho :

« Pas de docteur Bricou dans le Tout-Paris, ni rue du Mont-Thabor, ni ailleurs. »

Il y eut de l'agitation, de l'inquiétude. Chacune donnait son avis. L'histoire semblait équivoque. La directrice crut devoir avertir Chernitz, qui vint aussitôt. C'était un tout jeune homme, blême, disgracieux, habillé comme un portefaix, qui visait à l'impassibilité, et qui prétendait découvrir, toujours et instantanément, l'acte précis qu'il fallait accomplir pour répondre à telle éventualité.

« Nul besoin de réflexion, disait-il. Droit au but, et jamais un mot de trop. »

Froidement, il décrocha l'appareil et demanda un numéro. L'ayant obtenu, il dit :

« Allô... Je suis chez Mme Régine Aubry ?... Voulez-vous prévenir Mme Régine Aubry que Chernitz, le couturier Chernitz, désire lui parler ? Bien. »

Il attendit, puis reprit :

« Oui, madame, Chernitz, le couturier. Quoique je n'aie pas l'honneur de vous compter parmi mes clientes, j'ai pensé que, dans l'occurrence actuelle, je devais m'adresser à vous. Voici. Une des jeunes filles que j'emploie comme mannequin... Allô ? Oui, il s'agit d'Arlette Mazolle... Vous êtes trop aimable, mais, pour ma part, je dois vous dire que j'ai voté pour vous... Votre robe, ce soir-là... Mais vous me permettez d'aller droit au but ? Il y a tout lieu de croire, madame, qu'Arlette Mazolle vient d'être enlevée, et sans doute par le même individu que vous. J'ai donc pensé que vous aviez intérêt, vous et les personnes qui vous conseillent, à connaître l'affaire... Allô... Vous attendez le brigadier Béchoux ? Parfait. C'est cela, madame, je viens de ce pas vous apporter tous éclaircissements utiles. »

Le couturier Chernitz replaça l'appareil et conclut, en s'en allant :

« Il n'y avait que cela à faire, et pas autre chose. »

Les événements se déroulèrent à peu près dans le même ordre pour Arlette Mazolle que pour Régine Aubry. Il y avait une femme au fond de la voiture. Le soi-disant docteur présenta :

« Madame Bricou. »

Elle portait une voilette épaisse. D'ailleurs, il faisait nuit, et Arlette ne songeait qu'à sa mère. Tout de suite, elle interrogea le docteur, sans même le regarder. Il répondit d'une voix enrouée qu'une de ses clientes, Mme Louvain, lui avait téléphoné de venir en hâte pour soigner une voisine et de prendre en passant la fille de la malade. Il n'en savait pas davantage.

L'auto suivit la rue de Rivoli, en direction de la

Concorde. Comme on traversait cette place, la femme enfouit Arlette sous une couverture qu'elle serra autour du cou, et la piqua d'un poignard à l'épaule.

Arlette se débattit, mais sa frayeur se mêlait de joie, car elle pensait que la maladie de sa mère n'était qu'un prétexte pour l'attirer et que son enlèvement devait avoir une tout autre cause. Elle finit donc par se tenir tranquille. Elle écouta et observa.

Les mêmes constatations que Régine avait faites, elle les fit à son tour. Même course rapide dans les limites de Paris. Mêmes crochets brusques. Si elle n'aperçut point la main de sa gardienne, elle entrevit l'un de ses souliers, qui était fort pointu.

Elle put aussi entendre quelques mots d'une conversation que les deux complices poursuivaient entre eux, d'une voix très basse et avec la certitude, évidemment, qu'elle ne pouvait entendre. Une phrase cependant lui parvint tout entière.

« Tu as tort, dit la femme, tu as tort... Du moment que tu y tenais, tu aurais dû attendre quelques semaines... Après l'affaire de l'Opéra, c'est trop tôt. »

Phrase qui parut claire à la jeune fille : le même couple l'enlevait, que Régine Aubry avait dénoncé à la justice. Le pseudo-docteur Bricou était l'incendiaire de l'Opéra. Mais pourquoi s'attaquer à elle, qui ne possédait rien et n'offrait à la convoitise ni corselet de diamants, ni bijoux d'aucune sorte ? Cette découverte acheva de la rassurer. Elle n'avait pas grand-chose à craindre et serait relâchée dès que l'erreur aurait été constatée.

Un bruit de porte à lourds battants roula. Arlette, qui suivait en souvenir l'aventure de Régine, devina qu'elle entrait dans une cour pavée. On la fit descendre devant un perron. Six marches, qu'elle compta. Puis les dalles d'un vestibule.

En ce moment elle avait tellement repris son calme et se sentait si forte, qu'elle agit d'une façon qui lui parut tout à fait imprudente sans qu'elle pût résister à l'appel de son instinct. Durant que l'homme repoussait la porte du vestibule, sa complice glissa sur une dalle et, l'espace d'une seconde, lâcha l'épaule d'Arlette. Celle-ci ne réfléchit pas, se débarrassa de l'étoffe qui l'encapuchonnait, s'élança devant elle, grimpa vivement un escalier, et, traversant une antichambre, pénétra dans un salon dont elle eut la présence d'esprit de refermer la porte sur elle avec précaution.

Une lampe électrique, voilée d'un abat-jour épais, étalait un cercle lumineux qui donnait un peu de jour au reste de la pièce. Que faire ? Par où s'enfuir ? Elle essaya d'ouvrir une des deux fenêtres dans le fond, et ne le put. Maintenant, elle avait peur, comprenant que le couple eût été déjà là s'il avait commencé ses visites par le salon, et qu'il allait arriver d'un moment à l'autre et se jeter sur elle.

De fait, elle entendait des claquements de portes. À tout prix, il fallait se cacher. Elle escalada le dossier d'un fauteuil appuyé contre le mur et monta facilement sur le marbre d'une vaste cheminée dont elle longea la glace jusqu'à l'autre bout. Une haute bibliothèque se dressait là. Elle eut l'audace de poser le pied dans une coupe de bronze et réussit à saisir la corniche de cette bibliothèque, puis à se hisser, elle n'aurait su dire comment. Quand les deux complices se ruèrent dans la pièce, Arlette était couchée au-dessus du meuble, à moitié dissimulée par la corniche.

Ils n'auraient eu qu'à lever les yeux pour apercevoir sa silhouette, mais ils ne le firent pas. Ils exploraient la partie inférieure du salon, sous les canapés et les fauteuils, et derrière les rideaux. Arlette discernait leurs ombres dans une grande glace opposée. Mais leurs visages demeuraient indistincts et leurs paroles à peine perceptibles, car ils s'exprimaient tout bas, d'une voix sans timbre.

« Elle n'est pas là, dit l'homme, à la fin.

— Peut-être a-t-elle sauté par le jardin ? observa la femme.

— Pas possible. Les deux fenêtres sont closes.

— Et l'alcôve ? »

Il y avait sur la gauche, entre la cheminée et l'une des fenêtres, un de ces petits réduits à usage d'alcôve qui, jadis, attenaient aux salons dont ils étaient séparés par une cloison mobile. L'homme tira la cloison.

« Personne.

— Alors ?

— Alors, je ne sais pas, et c'est grave.

— Pourquoi ?

— Si elle s'échappe ?

— Comment s'échapper ?

— Oui, en effet. Ah ! la mâtine, si je la pince, tant pis pour elle ! »

Ils sortirent, après avoir éteint l'électricité.

La pendule de la cheminée sonna sept heures, d'une petite voix aigrelette et démodée qui tintait clair comme du métal.

Arlette entendit aussi huit heures, neuf heures et dix heures. Elle ne bougeait pas. Elle n'osait. La menace de l'homme la tenait blottie et frissonnante.

Ce n'est qu'après minuit, que, plus calme, sentant la nécessité d'agir, elle descendit de son poste. La coupe de bronze bascula et tomba sur le parquet avec un tel fracas que la jeune fille resta pétrifiée et chancelante d'angoisse. Cependant personne n'entra. Elle remit la coupe en place.

Une grande lumière venait du dehors. Elle s'approcha d'une fenêtre et vit un jardin qui allongeait sous la lune éclatante une pelouse bordée d'arbustes. Cette fois elle réussit à ouvrir la croisée.

S'étant penchée, elle constata que le niveau du sol devait être, sur cette façade, plus élevé, et qu'il n'y avait pas la hauteur d'un étage. Elle n'hésita pas, enjamba le balcon et se laissa choir sur du gravier, sans se faire aucun mal.

Elle attendit qu'un nuage obscurcît la lune, traversa vivement un espace nu et gagna la ligne sombre des arbustes. Les ayant suivis en se courbant, elle arriva au pied d'un mur dressé en pleine lumière et trop haut pour qu'elle pût espérer le franchir. Un pavillon le flanquait à droite, qui ne semblait pas habité. Les volets en étaient clos. Elle s'approcha doucement. Avant le pavillon, il y avait une porte dans le mur, verrouillée, et, dans la serrure, une grosse clef. Elle ôta les verrous, tourna la clef et tira.

Elle n'eut que le temps d'ouvrir et de sauter dans la rue : ayant jeté un coup d'œil en arrière, elle avait vu une ombre qui courait à sa poursuite.

La rue était déserte. Cinquante pas plus loin peut-être, s'étant retournée, elle aperçut l'ombre qui semblait gagner de vitesse. L'épouvante la secoua, et, malgré son cœur qui haletait et ses jambes qui se dérobaient, elle avait l'impression exaltante que personne n'aurait pu la rattraper.

Impression fugitive : ses forces la trahirent d'un coup, ses genoux plièrent, et elle fut sur le point de tomber. Mais alors des gens passaient dans une autre rue très animée où elle s'engageait. Un taxi se proposa. Quand elle eut donné l'adresse et qu'elle se fut enfermée, elle vit, par la lucarne du fond, l'ennemi qui s'engouffrait dans une autre voiture, laquelle démarra aussitôt.

Des rues... des rues encore... La suivait-on ? Arlette n'en savait rien et ne cherchait pas à le savoir. Sur une petite place, où l'on déboucha soudain, des autos en station se succédaient. Elle frappa à la vitre.

« Arrêtez, chauffeur. Voilà vingt francs, et continuez rapidement pour dépister quelqu'un qui s'acharne après moi. »

Elle sauta dans un des taxis et redonna son adresse au nouveau chauffeur.

« À Montmartre, rue Verdrel, 55. »

Elle était hors de danger, mais si lasse qu'elle s'évanouit.

Elle se réveilla sur le canapé de sa petite chambre, près d'un monsieur agenouillé qu'elle ne connaissait pas. Sa mère, attentive et inquiète, la regardait anxieusement. Arlette essaya de lui sourire, et le monsieur dit à la mère :

« Ne l'interrogez pas encore, madame. Non, mademoiselle, ne parlez pas. Écoutez d'abord. C'est votre patron, Chernitz, qui a prévenu Régine Aubry que vous aviez été enlevée dans les mêmes conditions qu'elle. La police a été aussitôt alertée. Plus tard, apprenant l'affaire par Régine Aubry, qui veut bien me compter au nombre de ses amis, je suis venu ici. Votre mère et moi, nous avons guetté dehors toute la soirée, devant la maison. J'espérais bien que les gens vous relâcheraient comme Régine Aubry. J'ai demandé à votre chauffeur d'où il venait : « De la place des Victoires. » Pas d'autres renseignements. Non, ne vous agitez pas. Vous nous raconterez tout cela demain. »

La jeune fille gémissait, agitée par la fièvre, et par des souvenirs qui la tourmentaient comme des cauchemars. Elle referma les yeux, en chuchotant :

« On monte l'escalier. »

De fait, quelqu'un sonna. La mère passa dans l'antichambre. Deux voix d'homme retentirent, et l'une d'elles proféra :

« Van Houben, madame. Je suis Van Houben, le Van Houben de la tunique de diamants. Quand j'ai connu l'enlèvement de votre fille, je me suis mis en chasse avec le brigadier Béchoux qui arrivait justement de voyage. Nous avons couru les commissariats, et nous voici. La concierge nous a dit qu'Arlette Mazolle était rentrée et, tout de suite, Béchoux et moi, nous venons nous enquérir auprès d'elle.

— Mais, monsieur...

— C'est d'une importance considérable, madame. Cette affaire est connexe à celle des diamants qu'on m'a volés. Ce sont les mêmes bandits... et il ne faut pas perdre une minute... »

Sans plus attendre l'autorisation, il entra dans la petite chambre, suivi du brigadier Béchoux. Le spectacle qui s'offrit à lui sembla l'étonner outre mesure. Son ami Jean d'Enneris était à genoux devant un canapé, près d'une jeune personne étendue dont il baisait le front, les paupières et les joues, délicatement, d'un air appliqué, avec componction.

Van Houben balbutia :

« Vous, d'Enneris !... Vous !... Qu'est-ce que vous fichez là ? »

D'Enneris étendit le bras et ordonna le silence.

« Chut ! pas tant de bruit... je calme la jeune fille...

Rien de plus apaisant. Voyez comme elle s'abandonne...

— Mais...

— Demain... à demain... on se réunira chez Régine Aubry. D'ici là, le repos pour la malade... Ne jouons pas avec ses nerfs... À demain matin... »

Van Houben demeurait confondu. La mère d'Arlette Mazolle ne comprenait rien à l'aventure. Mais, près d'eux, quelqu'un les dépassait en stupeur et en ahurissement : le brigadier Béchoux.

Le brigadier Béchoux, petit homme pâle et maigre, qui visait à l'élégance et qui était muni de deux bras énormes, écarquillait les yeux et contemplait Jean d'Enneris comme s'il eût été en face d'une apparition épouvantable. Il avait l'air de connaître d'Enneris et l'air aussi de ne pas le connaître, et il semblait chercher s'il n'y avait pas, sous ce masque jeune et souriant, une autre figure qui, pour lui, Béchoux, était celle du diable lui-même.

Van Houben présenta :

« Le brigadier Béchoux... M. Jean d'Enneris... Mais vous avez l'air de connaître d'Enneris, Béchoux ? »

Celui-ci voulut parler. Il voulut poser des questions. Mais il ne le pouvait pas, et il considérait toujours d'un œil rond le flegmatique personnage qui poursuivait son étrange système de guérison...

III

D'ENNERIS, GENTLEMAN DÉTECTIVE

La réunion projetée eut lieu à deux heures dans le boudoir de Régine Aubry. Dès son arrivée, Van Houben trouva d'Enneris installé là comme chez lui, et plaisantant avec la belle actrice et avec Arlette Mazolle. Tous trois semblaient très gais. On n'eût pas dit, à la voir insouciante et joyeuse, bien qu'un peu lasse, qu'Arlette Mazolle avait passé, la nuit précédente, de telles heures d'anxiété. Elle ne quittait pas d'Enneris des yeux et, comme Régine, approuvait tout ce qu'il disait, et riait de la façon amusante dont il le disait.

Van Houben, vivement éprouvé par la perte de ses diamants, et qui prenait la vie au tragique, s'écria d'une voix furieuse :

« Fichtre ! la situation vous paraît donc si drôle, à vous trois ?

— Ma foi, dit d'Enneris, elle n'a rien d'effrayant. Au fond, tout a bien tourné.

— Parbleu ! ce ne sont pas vos diamants qu'on a subtilisés. Quant à Mlle Arlette, tous les journaux de ce matin parlent de son aventure. Quelle réclame ! Il n'y a que moi qui perds dans cette sinistre affaire.

— Arlette, protesta Régine, ne vous offusquez pas de ce que dit Van Houben, il n'a aucune éducation et ses paroles n'ont pas la moindre valeur.

— Voulez-vous que je vous en dise qui en aient davantage, ma chère Régine ? bougonna Van Houben.

— Dites.

— Eh bien, cette nuit, j'ai surpris votre sacré d'Enneris à genoux devant Mlle Arlette, en train d'expérimenter sur elle la petite méthode de guérison qui vous a si bien ressuscitée, il y a une dizaine de jours.

— C'est ce qu'ils m'ont raconté tous les deux.

— Hein ! Quoi ! Et vous n'êtes pas jalouse ?

— Jalouse ?

— Dame ! D'Enneris ne vous fait-il pas la cour ?

— Et de fort près, je l'avoue.

— Alors, vous admettez ?...

— D'Enneris a une excellente méthode, il l'emploie, c'est son devoir.

— Et son plaisir.

— Tant mieux pour lui. »

Van Houben se lamenta.

« Ah ! ce d'Enneris, ce qu'il en a de la chance ! Il fait de vous ce qu'il veut... et de toutes les femmes d'ailleurs.

— Et de tous les hommes aussi, Van Houben. Car,

si vous le détestez, vous n'espérez qu'en lui pour vos diamants.

— Oui, mais je suis absolument résolu à me passer de son concours, puisque le brigadier Béchoux est à ma disposition et que... »

Van Houben n'acheva pas sa phrase. S'étant retourné, il apercevait sur le seuil de la porte le brigadier Béchoux.

« Vous êtes donc arrivé, brigadier ?

— Depuis un moment, déclara Béchoux, qui s'inclina devant Régine Aubry. La porte était entrouverte.

— Vous avez entendu ce que j'ai dit ?

— Oui.

— Et que pensez-vous de ma décision ? »

Le brigadier Béchoux gardait une expression renfrognée et quelque chose de combatif dans l'allure. Il dévisagea Jean d'Enneris comme il l'avait fait la veille et articula fortement :

« Monsieur Van Houben, bien qu'en mon absence l'affaire de vos diamants ait été confiée à l'un de mes collègues, il est hors de doute que je participerai aux investigations et, d'ores et déjà, j'ai reçu l'ordre d'enquêter au domicile de Mlle Arlette Mazolle. Mais je dois vous prévenir de la façon la plus nette que je n'accepte à aucun prix la collaboration, ouverte ou clandestine, d'aucun de vos amis.

— C'est clair, dit Jean d'Enneris, en riant.

— Très clair. »

D'Enneris, fort calme, ne dissimula pas son étonnement.

« Bigre, monsieur Béchoux, on croirait en vérité que je ne vous suis pas sympathique.

— Je l'avoue », fit l'autre avec rudesse.

Il s'approcha de d'Enneris, et bien en face :

« Êtes-vous bien sûr, monsieur, que nous ne nous soyons jamais rencontrés ?

— Si, une fois, il y a vingt-trois ans, aux Champs-Élysées. On a joué au cerceau ensemble... Je vous ai fait tomber grâce à un croc-en-jambe que vous ne m'avez pas pardonné, je m'en aperçois. Mon cher

Van Houben, M. Béchoux a raison. Pas de collaboration possible entre nous. Je vous rends votre liberté et je travaille. Vous pouvez vous en aller.

— Nous en aller ? dit Van Houben.

— Dame ! nous sommes ici chez Régine Aubry. C'est moi qui vous ai convoqués. Puisqu'on ne s'accorde pas, adieu ! Filez. »

Il se jeta sur le canapé entre les deux jeunes femmes et saisit les mains d'Arlette Mazolle.

« Ma jolie petite Arlette, maintenant que vous avez repris votre équilibre, ne perdons pas notre temps et racontez-moi par le menu ce qui vous est arrivé. Aucun détail n'est inutile. »

Et, comme Arlette hésitait, il lui dit :

« Ne vous occupez pas de ces deux messieurs. Ils ne sont pas là. Ils sont sortis. Donc, raconte, ma petite Arlette. Je te tutoie parce que j'ai promené mes lèvres sur tes joues qui sont plus douces que du velours, et que cela me donne les droits d'un amoureux. »

Arlette rougit. Régine riait et la pressait de parler. Van Houben et Béchoux qui voulaient savoir et profiter de la conversation semblaient cloués au sol comme des bonshommes de cire. Et Arlette dit toute son histoire, ainsi que le lui avait demandé cet homme à qui ni elle ni les autres ne paraissaient capables de résister.

Il écoutait, sans un mot. Parfois, Régine approuvait.

« C'est bien cela... un perron de six marches... Oui, un vestibule dallé noir et blanc... et, au premier, en face, le salon avec des meubles en soie bleue. »

Quand Arlette eut fini, d'Enneris arpenta la pièce, les mains au dos, colla son front à la vitre, et réfléchit assez longtemps. Puis il conclut, entre ses dents :

« Difficile... difficile... Néanmoins quelques lueurs... ces premières lueurs blanches qui indiquent l'issue du tunnel. »

Il reprit place sur le canapé et dit aux jeunes femmes :

« Voyez-vous, quand il y a deux aventures d'un

parallélisme aussi marqué, avec procédés analogues et mêmes protagonistes — car l'identité du couple ennemi est indéniable — il faut découvrir le point par où lesdites aventures se distinguent l'une de l'autre, et, quand on l'a découvert, ne plus s'en écarter avant d'en avoir déduit toutes les certitudes. Or, toutes réflexions faites, le point sensible me paraît résider dans la différence des motifs qui ont amené votre enlèvement, Régine, et votre enlèvement, Arlette. »

Il s'interrompit un instant et se mit à rire.

« Ça n'a l'air de rien ce que je viens de formuler, ou tout au plus d'une vérité de La Palice, mais je vous affirme, moi, que c'est rudement fort. La situation se simplifie tout à coup. Vous, ma belle Régine, pas la moindre espèce de doute, vous avez été enlevée à cause des diamants que ce brave Van Houben pleure de toutes ses larmes. Là-dessus, pas d'objections, et je suis certain que M. Béchoux, lui-même, s'il était là, serait de mon avis. »

M. Béchoux ne souffla pas mot, attendant la suite du discours, et Jean d'Enneris se tourna vers son autre compagne.

« Quant à toi, la jolie Arlette, aux joues plus douces que le velours, pourquoi a-t-on pris la peine de te capturer ? Toutes tes richesses doivent tenir à peu près dans le creux de ta main, n'est-ce pas ? »

Arlette aux joues plus douces que le velours, comme il disait, montra ses deux paumes.

« Toutes nues, s'écria-t-il. Donc l'hypothèse du vol est écartée, et nous devons considérer comme seuls mobiles l'amour, la vengeance ou telle combinaison propre à l'exécution d'un plan que tu peux faciliter, ou bien auquel tu peux mettre obstacle. Pardonne-moi mon indiscrétion, Arlette, et réponds sans pudeur. As-tu aimé jusqu'ici ?

— Je ne crois pas, dit-elle.

— As-tu été aimée ?

— Je ne sais pas.

— Cependant on t'a fait la cour, n'est-ce pas ? Pierre et Philippe. »

Elle protesta ingénument :

« Non, ils s'appelaient Octave et Jacques.

— D'honnêtes garçons, cet Octave et ce Jacques ?

— Oui.

— Donc incapables d'avoir marché dans toutes ces combinaisons ?

— Incapables.

— Alors ?

— Alors, quoi ? »

Il se pencha sur elle, et, doucement, de toute son influence pénétrante, il murmura :

« Cherche bien, Arlette. Il ne s'agit pas d'évoquer les faits extérieurs et visibles de ta vie, ceux qui t'ont frappée et que tu aimes ou n'aimes pas te rappeler, mais ceux qui ont à peine effleuré ta conscience et que tu as pour ainsi dire oubliés. Tu n'aperçois rien d'un peu spécial, d'un peu anormal ? »

Elle sourit.

« Ma foi, non... rien du tout...

— Si. Il n'est pas admissible qu'on t'ait enlevée de but en blanc. Il y a sûrement une préparation dont certains actes t'ont frôlée, à ton insu... Cherche bien. »

Arlette cherchait de toutes ses forces. Elle s'ingéniait à extraire de sa mémoire les menus souvenirs endormis qu'on exigeait d'elle, et Jean d'Enneris précisait :

« As-tu jamais senti une présence quelconque rôder autour de toi dans l'ombre ? As-tu éprouvé un petit frisson d'inquiétude, comme au contact d'une chose mystérieuse ? Je ne te parle pas d'un danger réel, mais de ces menaces vagues où l'on se dit : « Tiens... qu'est-ce qu'il y a ?... Que se passe-t-il ?... Que va-t-il se passer ? »

Le visage d'Arlette se contracta légèrement. Ses yeux semblèrent se fixer sur un point. Jean s'écria :

« Ça y est ! Nous y sommes. Ah ! dommage que Béchoux et Van Houben ne soient pas là... Explique-toi, ma jolie Arlette. »

Elle dit, pensivement :

« Il y avait un jour un monsieur... »

Jean d'Enneris l'arracha du canapé, enthousiasmé par ce préambule, et se mit à danser avec elle.

« Nous y voilà ! Et ça commence comme un conte de fées ! Il y avait un jour... Dieu ! que tu es charmante, Arlette aux joues douces ! Et qu'est-il advenu de ton monsieur ? »

Elle se rassit et continua, la voix lente :

« Ce monsieur était venu, voilà trois mois, avec sa sœur, un après-midi qu'il y avait beaucoup de monde pour voir des présentations de robes, au profit d'une œuvre. Moi, je ne l'avais pas remarqué. Mais une camarade me dit : « Tu sais, Arlette, tu a fait une conquête, un type épatant, très chic, qui te dévorait des yeux, un type qui s'occupe d'œuvres sociales, à ce que prétend la directrice. Ça tombe bien, Arlette, toi qui es en quête d'argent. »

— En quête d'argent, toi ? interrompit d'Enneris.

— Ce sont mes camarades, dit-elle, qui me taquinent parce que je voudrais fonder une caisse de secours pour l'atelier, une caisse de dots, enfin un tas de rêves. Alors, une heure plus tard, quand je me suis aperçue qu'un grand monsieur m'attendait à la sortie et qu'il me suivait, j'ai pensé que je pourrais peut-être l'embobiner. Seulement, à ma station de métro, il s'est arrêté. Le lendemain, même manège, et les jours suivants. J'en ai été pour mes frais, car au bout d'une semaine, il ne revint plus. Et puis, quelques jours après, un soir...

— Un soir ?... »

Arlette baissa le ton.

« Eh bien, quelquefois, à la maison, le dîner fini et le ménage fait, je quitte maman, et je vais voir une amie qui demeure tout en haut de Montmartre. Avant d'y arriver, je tourne par une ruelle assez noire, où il n'y a jamais personne quand je reviens sur le coup de onze heures. C'est là que, trois fois de suite, j'ai discerné l'ombre d'un homme dans l'enfoncement d'une porte cochère. Deux fois l'homme n'a pas bougé. Mais, à la troisième fois, il est sorti de sa retraite et a voulu me barrer le passage. J'ai poussé un cri et je me suis mise à courir. La personne n'insista pas. Et depuis, j'évite cette rue. Voilà tout. »

Elle se tut. Son récit ne semblait pas avoir intéressé Béchoux et Van Houben. Mais d'Enneris demanda :

« Pourquoi nous as-tu raconté ces deux petites aventures ? Tu vois un lien entre elles ?

— Oui.

— Lequel ?

— J'ai toujours cru que l'homme qui me guettait n'était autre que le monsieur qui m'avait suivie.

— Mais sur quoi se fonde ta conviction ?

— J'avais eu le temps de remarquer, le troisième soir, que l'homme de Montmartre portait des chaussures à guêtre ou à tige claire.

— Comme le monsieur des boulevards ? s'écria Jean d'Enneris vivement.

— Oui », dit Arlette.

Van Houben et Béchoux étaient confondus. Régine, tout émue, interrogea :

« Mais vous ne vous rappelez donc pas, Arlette, que mon agresseur de l'Opéra portait aussi ces sortes de bottines ?

— En effet... en effet..., dit Arlette... je n'y avais pas songé.

— Et le vôtre aussi, Arlette... celui d'hier... le pseudo-docteur Bricou...

— Oui, en effet, répéta la jeune fille, mais je n'avais pas fait ce rapprochement... C'est à l'instant que mes souvenirs se précisent.

— Arlette, un dernier effort, ma petite. Tu ne nous as pas donné le nom de ton monsieur. Tu le connais ?

— Oui.

— Il s'appelle ?

— Le comte de Mélamare. »

Régine et Van Houben tressaillirent. Jean réprima un mouvement de surprise. Béchoux haussa les épaules, et Van Houben s'exclama :

« Mais c'est de la folie ! Le comte Adrien de Mélamare... Mais je le connais de vue ! J'ai eu l'occasion de siéger près de lui dans des comités de bienfaisance. Un parfait gentilhomme, à qui je serais fier de serrer la main. Le comte de Mélamare, voler mes diamants !

— Mais je ne l'accuse pas du tout, fit Arlette interdite. Je prononce un nom.

— Arlette a raison, dit Régine. On l'interroge, elle répond. Mais il est évident que le comte de Mélamare, d'après tout ce que le monde sait de lui et de sa sœur, avec qui il vit, ne peut pas être l'homme qui vous a épiée dans la rue, ni l'homme qui nous a enlevées, vous et moi.

— Porte-t-il des chaussures à tige claire ? dit Jean d'Enneris.

— Je ne sais pas... ou plutôt si... quelquefois...

— Presque toujours », dit nettement Van Houben.

L'affirmation fut suivie d'un silence. Puis Van Houben reprit :

« Il y a là quelque malentendu. Je répète que le comte de Mélamare est un parfait gentilhomme.

— Allons le voir, dit simplement d'Enneris. Van Houben, est-ce que vous n'avez pas un ami qui est de la police, un sieur Béchoux ? Il nous fera entrer, lui. »

Béchoux s'indigna.

« Alors, vous vous imaginez que l'on entre chez les gens comme ça, et que, sans enquête préalable, sans charges, sans mandat, on va les questionner à propos de racontars stupides ? Oui, stupides. Tout ce que j'entends depuis une demi-heure est un comble de stupidité. »

D'Enneris murmura :

« Dire que j'ai joué au cerceau avec cette gourde-là ! Quel remords ! »

Il se tourna vers Régine.

« Chère amie, ayez l'obligeance d'ouvrir l'annuaire téléphonique et de faire demander le numéro du comte Adrien de Mélamare. On se passera du sieur Béchoux. »

Il se leva. Au bout d'un instant, Régine Aubry lui passa l'appareil, et il dit :

« Allô ! je suis chez le comte de Mélamare ? C'est le baron d'Enneris qui est au téléphone... M. le comte de Mélamare lui-même ? Monsieur, excusez-moi de vous déranger, mais j'ai lu, il y a deux ou trois semaines, dans les journaux, l'annonce que vous avez fait insérer à propos de quelques objets qui vous ont été dérobés, le pommeau d'une paire de pincettes, une bobèche en argent, une entrée de serrure, et la moitié d'un ruban de sonnette en soie bleue... tous objets sans valeur, mais auxquels vous tenez pour des raisons particulières... Je ne me trompe pas, n'est-ce pas, monsieur ?... En ce cas, si vous voulez bien me recevoir, je pourrai vous donner quelques renseignements utiles à ce sujet... À deux heures, aujourd'hui ?... Très bien... Ah ! un mot encore, puis-je me permettre d'amener deux dames dont le rôle d'ailleurs vous sera expliqué ?... Vous êtes trop aimable, monsieur, et je vous remercie infiniment. »

D'Enneris raccrocha.

« Si le sieur Béchoux était là, il verrait qu'on entre chez les gens comme on veut. Régine, vous avez vu sur l'annuaire où demeure le comte ?

— 13, rue d'Urfé.

— Donc, dans le faubourg Saint-Germain. »

Régine interrogea :

« Mais ces objets, où sont-ils ?

— En ma possession. Je les ai achetés le jour même de l'annonce, pour la modique somme de treize francs cinquante.

— Et pourquoi ne les avez-vous pas renvoyés au comte ?

— Ce nom de Mélamare me rappelait quelque chose de confus. Il me semble qu'il y a eu, jadis, au cours du XIXe siècle, une affaire Mélamare. Et puis je n'ai pas eu le temps de m'enquérir. Mais nous allons nous rattraper. Régine, Arlette, rendez-vous à deux heures moins dix sur la place du Palais-Bourbon. La séance est levée. »

Séance vraiment efficace. Une demi-heure avait suffi à d'Enneris pour déblayer le terrain et pour découvrir une porte à laquelle on pouvait enfin frapper. Dans l'ombre, une silhouette se dressait, et le problème se posait d'une façon plus précise : quel rôle jouait dans l'affaire le comte de Mélamare ?

Régine retint Arlette à déjeuner. D'Enneris s'en alla une ou deux minutes après Van Houben et Béchoux. Mais il les retrouva sur le palier du second étage où Béchoux, brusquement exaspéré, avait agrippé Van Houben par le collet de son veston.

« Non, je ne vous laisserai pas plus longtemps suivre une route qui vous mène sûrement au désastre. Non ! je ne veux pas que vous soyez la victime d'un imposteur. Savez-vous qui est cet homme ? »

D'Enneris s'avança.

« Il s'agit de moi, évidemment, et le sieur Béchoux a envie de vider son sac. »

Il présenta sa carte.

« Baron Jean d'Enneris, navigateur, dit-il à Van Houben.

— Des blagues ! s'écria Béchoux. Vous n'êtes pas plus baron que d'Enneris, et pas plus d'Enneris que navigateur.

— Eh bien, vous êtes poli, monsieur Béchoux. Qui suis-je donc ?

— Tu es Jim Barnett ! Jim Barnett en personne !... Tu as beau te camoufler, tu as beau n'avoir plus ta perruque et ta vieille redingote, je te retrouve sous ton masque d'homme du monde et de sportsman. C'est toi ! Tu es Jim Barnett de l'agence Barnett et Cie, Barnett avec qui douze fois j'ai collaboré, et qui douze fois m'a roulé[1]. J'en ai assez, et mon devoir est de mettre les gens en garde. Monsieur Van Houben, vous n'allez pas vous livrer à cet individu ! »

Van Houben, fort embarrassé, regardait Jean d'Enneris qui allumait paisiblement une cigarette, et il lui dit :

« L'accusation de M. Béchoux est-elle véridique ? »

D'Enneris sourit.

« Peut-être... je n'en sais trop rien. Tous mes papiers en tant que baron d'Enneris sont en règle,

---

1. *L'Agence Barnett et C*ie.

mais je ne suis pas sûr de n'en pas avoir aussi au nom de Jim Barnett, qui fut mon meilleur ami.

— Mais ce voyage autour du monde, dans un canot automobile, vous l'avez accompli ?

— Peut-être. Tout cela est assez vague dans ma mémoire. Mais que diable ça peut-il vous faire ? L'essentiel pour vous est de retrouver vos diamants. Or, si je suis l'extraordinaire Barnett, comme le prétend votre policier, c'est la meilleure garantie de réussite, mon cher Van Houben.

— La meilleure garantie que vous serez volé, monsieur Van Houben, gronda Béchoux. Oui, il réussira. Oui, les douze fois où nous avons travaillé en commun, il a réussi à débrouiller l'affaire, à mettre la main au collet des coupables, ou à retrouver leur butin. Mais, les douze fois aussi, ce butin, il l'a empoché, en partie ou au total. Oui, il découvrira vos diamants, mais il les escamotera à votre nez et à votre barbe, et vous n'y verrez que du feu. Déjà, il a mis le grappin sur vous, et déjà vous ne pouvez plus lui échapper. Vous croyez bonnement qu'il travaille pour vous, monsieur Van Houben ? C'est pour lui qu'il travaille ! Jim Barnett ou d'Enneris, gentilhomme ou détective, navigateur ou bandit, il n'a pas d'autre guide que son intérêt. Si vous lui permettez de participer à l'enquête, vos diamants sont fichus, monsieur.

— Ah ça ! non, protesta Van Houben, indigné. Puisqu'il en est ainsi, restons-en là. Si je dois retrouver mes diamants pour qu'on me les reprenne, bonsoir ! Occupez-vous de vos affaires, d'Enneris. Je m'occuperai des miennes. »

D'Enneris se mit à rire :

« C'est que les vôtres, pour l'instant, m'intéressent beaucoup plus que les miennes.

— Je vous défends...

— Vous me défendez quoi ? N'importe qui peut s'occuper des diamants. Ils sont perdus : j'ai le droit de les rechercher, tout comme un autre. Et puis, que voulez-vous ? Toute cette affaire me passionne. Les femmes qui s'y trouvent mêlées sont si jolies !

Régine, Arlette ! Délicieuses créatures... En vérité, cher ami, je ne lâcherai pas la partie avant d'avoir mis la main sur vos diamants !

— Et moi, grinça Béchoux, hors de lui, je ne lâcherai pas la partie avant de t'avoir fait coffrer, Jim Barnett.

— On va s'amuser alors. Adieu, camarades. Et bonne chance. Qui sait ! On se rencontrera peut-être un jour ou l'autre. »

Et d'Enneris, la cigarette aux lèvres, s'en alla, d'un petit pas sautillant.

Arlette et Régine étaient pâles lorsqu'elles descendirent d'auto sur cette petite place tranquille du Palais-Bourbon où d'Enneris les attendait.

« Dites donc, d'Enneris, fit Régine, vous ne pensez vraiment pas que c'est l'homme qui nous a enlevées, ce comte de Mélamare ?

— Pourquoi cette idée, Régine ?

— Je ne sais pas... un pressentiment. J'ai un peu peur. Et Arlette est comme moi. N'est-ce pas, Arlette ?

— Oui, j'ai le cœur serré.

— Et après ? fit Jean. Quand ce serait votre homme à toutes deux, croyez-vous qu'il va vous manger ? »

La vieille rue d'Urfé était proche, bordée de ces anciennes demeures du XVIIIe siècle, au fronton desquelles se lisaient des noms historiques : Hôtel de La Rocheferté... Hôtel d'Ourmes... toutes à peu près semblables, avec des façades tristes, un entresol très bas, une haute porte cochère, et le corps de logis principal au fond d'une cour mal pavée. L'hôtel de Mélamare ne différait pas des autres.

Au moment même où d'Enneris allait sonner, un taxi arriva d'où sautèrent, tour à tour, Van Houben et Béchoux, assez penauds l'un et l'autre, mais d'autant plus arrogants en apparence.

D'Enneris se croisa les bras avec indignation.

« Eh bien, vrai, ils en ont du toupet, ces deux

cocos-là ! Il y a une heure, je n'étais pas bon à jeter aux chiens, et les voilà qui s'accrochent à nous ! »

Il leur tourna le dos et sonna. Une minute plus tard, une porte pratiquée dans un des battants fut ouverte par un vieillard en culotte courte et en lévite marron, un vieillard tout cassé et tout voûté. D'Enneris dit son nom. Il répliqua :

« Monsieur le comte attend monsieur. Si monsieur veut prendre la peine... »

Il indiqua du doigt, de l'autre côté de la cour, le perron central, qu'abritait une marquise. Mais Régine eut une défaillance soudaine et balbutia :

« Six marches... le perron a six marches. »

Ce à quoi Arlette fit écho, en murmurant, d'un ton non moins éploré :

« Oui, six marches... c'est le même perron... la même cour... Est-ce possible !... C'est là !... C'est là. »

IV

BÉCHOUX, POLICIER

D'Enneris empoigna chacune des deux jeunes femmes au-dessous du coude et les redressa.

« Du calme, nom d'un chien ! Rien à faire si vous flanchez comme ça à la première occasion. »

Le vieux maître d'hôtel cheminait un peu en avant et à l'écart. Van Houben, qui avait pénétré d'autorité dans la cour ainsi que Béchoux, souffla à l'oreille de celui-ci :

« Hein ! j'ai eu du flair. Heureusement que nous sommes là !... Attention aux diamants... Ne quittez pas d'Enneris de l'œil. »

On traversa la cour aux larges pavés inégaux. Les murs des autres hôtels voisins, tout nus, sans fenêtres, la bordaient à droite et à gauche. Au fond la demeure, animée de hautes croisées, avait grande allure. On monta les six marches.

Régine Aubry bégaya :

« Si le vestibule a des dalles noires et blanches, je me trouve mal.

— Crebleu ! » protesta d'Enneris.

Le vestibule avait des dalles noires et blanches.

Mais d'Enneris pinça si rudement le bras de ses deux compagnes qu'elles tinrent bon sur leurs jambes qui vacillaient.

« Saperlotte, bougonna-t-il en riant, nous n'arriverons à rien.

— Le tapis de l'escalier, marmotta Régine, c'est le même.

— C'est le même, gémit Arlette... et la même rampe...

— Eh bien, et puis après ?... fit d'Enneris.

— Mais si nous reconnaissons le salon ?...

— L'essentiel est d'y aller, et je ne suppose pas que le comte, s'il est coupable, ait grande envie de nous y conduire.

— Alors ?...

— Alors, il faut l'y forcer. Voyons, Arlette, du courage, et pas une syllabe, quoi qu'il advienne ! »

À ce moment le comte Adrien de Mélamare vint au-devant de ses visiteurs et les introduisit dans une pièce du rez-de-chaussée, garnie de jolis meubles d'acajou du temps de Louis XVI et qui devait lui servir de cabinet de travail. C'était un homme à cheveux grisonnants, de quarante-cinq ans peut-être, bien d'aplomb, de visage plutôt désagréable et peu sympathique. Il avait dans le regard une expression un peu vague, distraite par moments, et qui déconcertait.

Il salua Régine, tressaillit légèrement à la vue d'Arlette, et, tout de suite, se montra courtois, mais d'une manière plutôt superficielle et par habitude de gentilhomme. Jean d'Enneris se présenta et présenta ses compagnes. Mais il n'ajouta pas un mot pour Béchoux ni pour Van Houben.

Celui-ci s'inclina un peu plus qu'il n'eût fallu, et dit en affectant des airs gracieux :

« Van Houben, le lapidaire... le Van Houben des

diamants volés à l'Opéra. Mon collaborateur, M. Béchoux. »

Le comte, bien qu'assez étonné de cet assemblage de visiteurs, ne fit aucune remarque. Il salua et attendit.

Van Houben, les diamants de l'Opéra, Béchoux, on eût pu croire que tout cela n'avait aucune signification pour lui.

Alors d'Enneris, tout à fait maître de lui, sans aucun embarras, prit la parole :

« Monsieur, dit-il, le hasard fait bien les choses. Il se trouve, en effet, que, aujourd'hui même où je viens vous rendre un petit service, j'ai découvert, en feuilletant un ancien répertoire des personnes de qualité, que nous étions quelque peu cousins. Mon arrière-grand-mère maternelle, née de Sourdin, avait épousé un Mélamare, de la branche cadette des Mélamare-Saintonge. »

La physionomie du comte s'éclaira. Visiblement ces questions de généalogie l'intéressaient, et il poursuivit avec Jean d'Enneris un dialogue serré à la suite de quoi leur parenté fut solidement établie. Arlette et Régine se remettaient peu à peu. Van Houben dit tout bas à Béchoux :

« Alors, quoi, il serait allié aux Mélamare !...

— Comme moi au pape, grogna Béchoux.

— En ce cas, il a un rude culot !

— C'est le début. »

Cependant d'Enneris repartait, de plus en plus désinvolte :

« Mais j'abuse de votre patience, monsieur et cher cousin, et, si vous le permettez, je vous dirai tout de suite en quoi le hasard m'a servi.

— Je vous en prie, monsieur.

— Le hasard m'a servi, une première fois, en me mettant sous les yeux, dans le métro, un matin, votre annonce du journal. J'avoue qu'elle me frappa sur-le-champ par la composition même et l'insignifiance des objets que vous réclamiez. Un bout de ruban bleu, une entrée de serrure, une bobèche, le pommeau d'une pincette, ce sont des choses qui ne méritent peut-être pas un communiqué aux journaux. Quelques minutes après, d'ailleurs, je n'y pensais plus, et sans doute n'y aurais-je jamais plus songé, si... »

Après un instant d'habile suspension, Jean continua :

« Vous connaissez évidemment, mon cher cousin, le "Marché aux Puces", cette foire pittoresque où s'accumulent les objets les plus hétéroclites, dans le désordre le plus amusant. Pour ma part, j'y ai trouvé souvent de bien jolies choses, et jamais, en tout cas, je n'ai regretté les promenades que j'y ai faites. Ce matin-là, par exemple, je dénichai un bénitier de faïence en vieux Rouen, cassé, rapiécé et raccommodé, mais d'un style charmant... Une soupière... un dé à coudre... bref, une série d'aubaines. Et tout à coup, sur le pavé du trottoir, au milieu d'un tas d'ustensiles sans valeur jetés là en pagaïe, voilà que mon regard accroche un bout de ruban... Oui, mon cher cousin, un bout de ruban de sonnette, en soie bleue, usée, de couleur éteinte. Et, à côté, une entrée de serrure, une bobèche d'argent... »

L'attitude de M. de Mélamare s'était soudain transformée. Vivement, avec une agitation extrême, il s'écria :

« Ces objets ! Est-ce possible ! exactement ceux que je réclame ! Mais où m'adresser, monsieur ? Comment les avoir ?

— En me les demandant, tout simplement.

— Hein !... Vous les avez achetés ! Quel prix ? Je vous rembourserai le double, le triple ! Mais je tiens... »

D'Enneris l'apaisa.

« Laissez-moi vous les offrir, mon cher cousin. J'ai eu le tout pour treize francs cinquante !

— Ils sont chez vous ?

— Ils sont ici même, dans ma poche. Je viens de passer les prendre chez moi. »

Le comte Adrien tendit la main, sans vergogne.

« Une seconde, dit Jean d'Enneris, gaiement. Je désire une petite récompense... oh ! bien minime.

Mais je suis curieux, excessivement curieux de nature... et je voudrais voir l'emplacement qu'occupaient ces objets... et aussi pourquoi vous y tenez tant. »

Le comte hésita. La demande était indiscrète et prouvait quelque méfiance, mais combien cette hésitation, de sa part, était significative ! À la fin cependant, il répliqua :

« C'est facile, monsieur. Veuillez me suivre au premier étage, dans le salon. »

D'Enneris jeta un coup d'œil aux deux jeunes femmes pour leur dire :

« Vous voyez... on arrive toujours à ce qu'on veut. »

Mais, les ayant observées, il remarqua le bouleversement de leurs traits. Le salon, pour elles, c'était le lieu même de l'épreuve qu'elles avaient subie. Y retourner, c'était acquérir la redoutable certitude. Van Houben également avait compris : une nouvelle étape allait être franchie. Le brigadier Béchoux, de son côté, s'animait. Il emboîta le pas au comte.

« Excusez-moi, dit celui-ci, je vous montre le chemin. »

Ils sortirent et traversèrent le vestibule dallé. L'écho sonore des pas remplit la cage de l'escalier. En montant, Régine comptait les marches. Il y en avait vingt-cinq... Vingt-cinq ! Exactement le même nombre. Elle eut encore une défaillance, plus sérieuse, et chancela.

Tout le monde s'empressa autour d'elle. Que se passait-il ? Elle était souffrante ?

« Non, chuchota Régine, sans ouvrir les yeux, non... un simple étourdissement... Pardonnez-moi.

— Il faut vous asseoir, madame », dit le comte en poussant la porte du salon.

Van Houben et d'Enneris l'installèrent sur un canapé. Mais quand Arlette entra et qu'elle vit la pièce, elle poussa un cri, tournoya et tomba évanouie sur un fauteuil.

Alors ce fut un affolement, un tumulte quelque peu comique. On tournait à droite et à gauche, au hasard. Le comte appelait :

« Gilberte !... Gertrude... vite ! des sels... de l'éther. François, appelez Gertrude. »

François arriva le premier. C'était le concierge maître d'hôtel, et, sans doute, le seul domestique avec sa femme Gertrude, aussi vieille que lui et plus ridée encore. Elle le suivit de près. Puis entra la personne que le comte nommait Gilberte et à qui il jeta vivement :

« Ma sœur, voici deux jeunes dames qui se trouvent indisposées. »

Gilberte de Mélamare (divorcée, elle avait repris son nom de famille) était grande, brune, altière, avec un visage jeune et régulier, mais avec quelque chose d'un peu démodé dans la mise et dans la tournure. Elle avait plus de douceur que son frère. Ses yeux noirs, très beaux, montraient une expression grave. D'Enneris nota qu'elle portait des bandes de velours noir à sa robe prune.

Bien que la scène dût lui sembler inexplicable, elle garda tout son sang-froid. Ayant bassiné d'eau de Cologne le front d'Arlette, elle chargea Gertrude de la soigner, puis s'approcha de Régine autour de laquelle Van Houben s'évertuait vivement. Jean d'Enneris écarta Van Houben, afin d'observer de près l'événement qu'il prévoyait. Gilberte de Mélamare s'inclina et dit :

« Et vous, madame ? Ce ne doit pas être bien sérieux, n'est-ce pas ? Qu'éprouvez-vous ? »

Elle fit sentir un flacon de sels à Régine. Celle-ci souleva ses paupières, regarda cette dame, regarda sa robe prune à bandes de velours noir, puis ses mains, et se dressa tout à coup en criant, avec une terreur indicible :

« La bague ! Les trois perles ! Ne me touchez pas ! Vous êtes la femme de l'autre nuit ! Oui, c'est vous... je reconnais votre bague... je reconnais votre main... et aussi ce salon... ces meubles en soie bleue... le parquet... la cheminée... la tapisserie... le tabouret d'acajou... Ah ! laissez-moi, ne me touchez pas. »

Elle balbutia encore quelques mots indistincts, chancela comme la première fois, et de nouveau s'évanouit. Et Arlette qui s'éveillait à son tour, reconnaissant les souliers pointus aperçus dans l'auto et entendant sonner la pendule au tintement aigrelet, gémissait :

« Ah ! cette sonnerie, c'est la même, et c'est la même femme... Quelle horreur ! »

La stupeur fut telle que personne ne bougea. La scène prenait une allure de vaudeville qui eût suscité le rire d'un témoin indifférent, et, de fait, les lèvres minces de Jean d'Enneris se plissèrent légèrement. Il s'amusait.

Van Houben interrogeait tour à tour d'Enneris et Béchoux, pour savoir que penser. Béchoux épiait attentivement le frère et la sœur, qui demeuraient interdits.

« Que signifient ces paroles ? murmura le comte. De quelle bague s'agit-il ? Je suppose que cette dame a le délire. »

Alors d'Enneris intervint, et il le fit aussi allégrement que s'il n'attachait à tous ces événements aucune importance.

« Mon cher cousin, vous avez dit le mot juste, l'émoi de mes deux amies a quelque rapport avec ces sortes de fièvres injustifiées qui ne vont pas sans un soupçon de délire. Cela fait partie des explications que je vous dois et que je vous ai annoncées en venant ici. Voulez-vous m'accorder quelque nouveau délai ? et régler tout de suite cette petite question des objets recueillis par moi ? »

Le comte Adrien ne répondit pas sur-le-champ. Il montrait un embarras mêlé d'une inquiétude visible, murmurant des phrases inachevées :

« À quoi cela rime-t-il, et que devons-nous supposer ? J'imagine difficilement... »

Il prit sa sœur à part et ils causèrent tous deux avec animation. Mais Jean s'avança vers lui, tenant entre le pouce et l'index une petite plaque de cuivre ouvragée représentant deux papillons aux ailes déployées.

« Voici l'entrée de serrure, mon cher cousin. Je suppose que c'est bien celle qui manque à l'un des tiroirs de ce secrétaire ? Elle est identique aux deux autres. »

De lui-même, il appliqua le morceau de cuivre, qui retrouva sa place, et dont les pointes de la face interne s'installèrent tout naturellement dans leurs anciens trous. Ensuite de quoi, Jean d'Enneris tira de sa poche un ruban bleu auquel s'accrochait une poignée de sonnette également en cuivre, et, comme on apercevait le long de la cheminée un autre ruban qui pendait, déchiqueté par le bas et de même couleur, il s'approcha. Les deux extrémités coïncidaient exactement.

« Tout va bien, dit-il. Et cette bobèche, mon cher cousin, où la mettons-nous ?

— À cette girandole, monsieur, dit le comte Adrien, d'un ton bourru. Il y en avait six. Comme vous voyez, il n'y en a plus que cinq... dont celle-ci ne diffère en rien. Reste le pommeau de ces pincettes, qui fut dévissé, comme vous pouvez vous en assurer.

— Le voici, dit Jean, lequel, comme un prestidigitateur, continuait de tout extraire de sa poche inépuisable. Et maintenant, mon cher cousin, vous voudrez bien tenir votre promesse, n'est-ce pas ? et nous dire pourquoi ces babioles vous sont si chères et pourquoi elles n'étaient pas à leur place habituelle. »

Ces diverses opérations avaient donné au comte le loisir de se reprendre, et il semblait avoir oublié les imprécations de Régine et les gémissements d'Arlette, car il répondit, en termes brefs, et comme pour se débarrasser de l'intrus qui lui avait soutiré cette promesse inopportune :

« Je suis attaché à tout ce qui me fut légué par les miens, et les moindres babioles, comme vous dites, nous sont, à ma sœur et à moi, aussi sacrées que les objets les plus rares. »

L'explication valait ce qu'elle valait. Jean d'Enneris reprit :

« Que vous y teniez, mon cher cousin, c'est fort légitime, et je sais trop par moi-même comme on s'attache aux souvenirs de famille. Mais pourquoi ont-elles disparu ?

— Je l'ignore, dit le comte. Un matin, j'ai constaté que cette bobèche manquait. J'ai fait une inspection minutieuse avec ma sœur. L'entrée de serrure manquait aussi, et une partie de ce ruban, et le pommeau de ces pincettes.

— Un vol alors ?

— Un vol sûrement, et effectué d'un seul coup.

— Comment ! On pouvait prendre ces bonbonnières, ces miniatures, cette pendule, cette argenterie, toutes choses de valeur... Et l'on a choisi ce qu'il y avait de plus insignifiant ? Pourquoi ?

— Je l'ignore, monsieur. »

Le comte répéta ces mots d'un ton sec. Ces questions l'excédaient, et la visite, pour lui, n'avait plus de but.

« Peut-être cependant, fit Jean, désirez-vous, mon cher cousin, que je vous explique les raisons pour lesquelles je me suis permis d'amener ici mes deux amies et les raisons de l'émotion manifestée par elles.

— Non, déclara nettement le comte Adrien. Cela ne me concerne pas. »

Il avait hâte d'en finir, et il esquissa un mouvement vers la porte. Mais il trouva en face de lui Béchoux qui s'était avancé et qui lui dit gravement :

« Cela vous concerne, monsieur le comte. Certaines questions doivent être éclaircies sur l'heure, et elles le seront. »

L'intervention de Béchoux était impérieuse. Le brigadier barrait la porte de ses longs bras étendus.

« Mais, qui êtes-vous, monsieur ? s'écria le comte avec hauteur.

— Le brigadier Béchoux, des services de la Sûreté. »

M. de Mélamare bondit sur place.

« Un policier, vous ? De quel droit vous êtes-vous introduit chez moi ? Un policier ici ! dans l'hôtel Mélamare !

— Je vous ai été présenté sous mon nom de Béchoux, dès mon arrivée, monsieur le comte. Mais ce que j'ai vu et ce que j'ai entendu m'oblige à faire précéder ce nom de mon grade de brigadier.

— Ce que vous avez vu ?... ce que vous avez entendu ? balbutia M. de Mélamare, dont le visage se décomposait de plus en plus. Mais, en vérité, monsieur, je ne vous autorise pas...

— Ça, c'est le cadet de mes soucis », gronda Béchoux, qui ne se piquait pas de politesse.

Le comte revint vers sa sœur, et ils eurent de nouveau un dialogue véhément et rapide. Gilberte de Mélamare montrait autant d'agitation que son frère. Debout, se soutenant l'un l'autre, ils attendaient dans l'attitude combative de gens qui sentent l'importance de l'attaque.

« Voilà Béchoux déchaîné, dit tout bas Van Houben à Jean.

— Oui, je le voyais qui s'excitait de plus en plus. Je connais mon bonhomme. Il commence par regimber et par se boucher les yeux. Et puis, tout à coup, il éclate. »

Arlette et Régine s'étaient levées aussi et se tenaient en arrière, sous la protection de Jean.

Et Béchoux prononça :

« Ce ne sera pas long, d'ailleurs, monsieur le comte. Quelques questions auxquelles je vous prie de répondre sans détours. À quelle heure êtes-vous sorti de chez vous hier ? Et Mme de Mélamare ? »

Le comte haussa les épaules et ne répliqua pas. Sa sœur, plus souple, jugea préférable de répondre.

« Nous sommes sortis, mon frère et moi, à deux heures et rentrés à quatre heures et demie, pour prendre le thé.

— Et après ?

— Nous n'avons pas bougé. Nous ne sortons jamais le soir.

— Cela, c'est une autre question, dit Béchoux avec ironie. Ce que je voudrais savoir, c'est l'emploi de votre temps, ici, dans cette pièce, hier, entre huit heures et minuit. »

M. de Mélamare frappa du pied avec rage et enjoignit à sa sœur de se taire. Béchoux comprit qu'aucune force au monde ne les obligerait à parler, et cela le mit dans une telle fureur que, emporté par sa conviction, il lâcha toute l'accusation sans plus interroger, d'une voix contenue d'abord, puis âpre, dure, frémissante :

« Monsieur le comte, vous n'étiez pas chez vous hier, dans l'après-midi, ni madame votre sœur, mais devant le numéro 3 *bis* de la rue du Mont-Thabor. En tant que docteur Bricou, vous attendiez une jeune fille que vous avez prise au piège dans votre automobile, dont votre sœur a enveloppé la tête d'une couverture, et que vous avez amenée ici, dans votre hôtel. Cette jeune fille s'est enfuie. Vous avez couru après, sans pouvoir la rattraper dans les rues. La voici. »

Le comte martela, les lèvres crispées, les poings serrés :

« Vous êtes fou ! vous êtes fou ! Qu'est-ce que c'est que tous ces fous-là ?

— Je ne suis pas fou ! proféra le policier qui glissait peu à peu au mélodrame et à une grandiloquence dont les termes pompeux et vulgaires réjouissaient d'Enneris. Je ne dis que l'exacte vérité. Des preuves ? J'en ai plein les poches. Mlle Arlette Mazolle, que vous connaissez, que vous attendiez à la porte du couturier Chernitz, peut nous servir de témoin. Elle est montée sur votre cheminée. Elle s'est étendue sur cette bibliothèque. Elle a renversé cette potiche. Elle a ouvert cette fenêtre. Elle a traversé ce jardin. Elle le jure sur la tête de sa mère. N'est-ce pas, Arlette Mazolle, que vous le jurez sur la tête de votre chère mère ? »

D'Enneris dit à l'oreille de Van Houben :

« Mais il perd la boule. De quel droit fait-il le juge d'instruction ? Et quel juge pitoyable ! Il n'y a que lui qui parle... Quand je dis qu'il parle !... »

Béchoux hurlait, en effet, face à face avec le comte dont les yeux hagards exprimaient un désarroi sans bornes.

« Ce n'est pas tout, monsieur ! Ce n'est pas tout. Ce n'est même rien ! Il y a autre chose ! Cette dame...

cette dame... (il désignait Régine Aubry) vous la connaissez, hein ? C'est celle qui a été enlevée un soir à l'Opéra, et par qui ? Hein, qui est-ce qui l'a conduite ici, dans ce salon... dont elle reconnaît les meubles... n'est-ce pas, madame ? ces fauteuils... ce tabouret... ce parquet... Hein, monsieur, qui l'a amenée ici ? Qui l'a dépouillée du corselet de diamants ? Le comte de Mélamare, n'est-ce pas ? et sa sœur Gilberte de Mélamare... La preuve ? cette bague aux trois perles... Mais les preuves, il y en a trop. Le Parquet décidera, monsieur, et mes chefs... »

Il n'acheva pas. Le comte de Mélamare, hors de lui, l'avait serré à la gorge et trépignait en bégayant des insultes. Béchoux se dégagea, lui montra le poing et recommença encore son réquisitoire insolite. Entraîné par l'évidence des faits, par le rôle qu'il jouait dans l'affaire et surtout par l'importance que lui donnerait ce rôle auprès de ses chefs et auprès du public, il avait perdu la boule, comme le disait d'Enneris. Il le sentit si bien qu'il s'arrêta net, essuya son front perlé de sueur, et, soudain maître de lui, très digne, articula :

« Je dépasse mes droits, je l'avoue. Ceci n'est pas de ma compétence et je téléphone à la préfecture de Police. Vous voudrez bien attendre les instructions que je vais recevoir. »

Le comte s'effondra et prit sa tête entre ses mains, comme un homme qui ne tente même plus de se défendre. Mais Gilberte de Mélamare barra le passage au brigadier. Elle suffoquait.

« La police ! la police va venir ici ?... dans cet hôtel ? Mais non... mais non... voyons, ce n'est pas possible... Il y a de ces événements... Vous n'avez pas le droit... C'est un crime.

— Je suis désolé, madame », dit Béchoux, que sa victoire rendait subitement poli.

Mais elle se cramponnait au bras du policier et l'implorait.

« Je vous en supplie, monsieur. Mon frère et moi nous sommes victimes d'un malentendu affreux.

Mon frère est incapable d'une mauvaise action... Je vous en prie... »

Béchoux fut inflexible. Il avait vu l'appareil dans l'antichambre. Il y alla, téléphona et revint.

Les choses ne traînèrent pas. Au bout d'une demi-heure, durant laquelle Béchoux, de plus en plus excité, pérora devant d'Enneris et Van Houben, tandis que Régine et Arlette considéraient le frère et la sœur avec un effroi mêlé de compassion, le chef de la Sûreté arriva, accompagné d'agents, et bientôt suivi d'un juge d'instruction, d'un greffier et du procureur. La communication de Béchoux avait produit de l'effet.

Une enquête sommaire eut lieu. On interrogea le couple de vieux domestiques. Ils habitaient une aile à l'écart et ne s'occupaient que de leur service. Leur service fini, ils se retiraient dans leur chambre ou dans la cuisine, qui donnaient sur la façade du jardin.

Mais la déposition des deux jeunes femmes fut accablante et il leur suffit pour cela d'évoquer simplement leurs souvenirs. Arlette, en particulier, montra le chemin qu'elle avait pris pour s'enfuir, et décrivit, avant même de les revoir, le jardin, les arbustes, le mur, le pavillon isolé, la porte, la rue déserte donnant sur une rue plus animée. Aucun doute ne pouvait subsister.

D'ailleurs, il se produisit une découverte dont Béchoux eut tout l'honneur, et qui ne laissait pas la moindre place pour la plus petite hésitation. En inspectant d'un coup d'œil l'intérieur de la bibliothèque, Béchoux remarqua une série de vieux in-quarto dans leurs vieilles reliures. Ils lui parurent suspects. Un à un, il les examina. Ils étaient vides de pages et formaient des boîtes. L'un d'eux contenait une étoffe d'argent, un autre le corselet.

Régine s'exclama aussitôt :

« Ma tunique !... mon corselet !...

— Et les diamants n'y sont plus ! vociféra Van Houben, aussi bouleversé que si on l'avait volé une seconde fois. Mes diamants, qu'est-ce que vous en avez fait, monsieur ? Ah ! mais, vous rendrez gorge... »

Le comte de Mélamare avait assisté à cette scène, impassible, mais avec une expression étrange. Lorsque le juge se retourna vers lui en montrant la tunique et le corselet d'où les diamants avaient été arrachés, il hocha la tête, et sa bouche se contracta pour un sourire affreux.

« Ma sœur n'est donc pas là ? » chuchota-t-il en regardant autour de lui.

La vieille bonne répondit :

« Je crois que madame est dans sa chambre.

— Vous lui direz adieu de ma part et lui conseillerez de suivre mon exemple. »

Et, vivement, il tira un revolver de sa poche, le dirigea vers sa tempe et appuya sur la détente.

D'un geste brusque, d'Enneris, qui veillait, lui poussa le coude. La balle, déviée, alla briser une des vitres de la fenêtre. Des agents se jetèrent sur M. de Mélamare. Le juge d'instruction prononça :

« Vous êtes sous mandat d'arrêt, monsieur. Qu'on emmène aussi Mme de Mélamare... »

Mais, quand on chercha la comtesse, on ne la trouva ni dans sa chambre ni dans son boudoir. On fouilla tout l'hôtel. Par où s'était-elle enfuie ? et avec quelle complicité ?

D'Enneris, très inquiet, redoutant un suicide, dirigeait les investigations. Elles furent vaines.

« N'importe, murmura Béchoux, vous n'êtes pas loin de recueillir vos diamants, monsieur Van Houben. Notre situation est bonne et j'ai bien travaillé.

— Jean d'Enneris aussi, avouons-le, observa Van Houben.

— Il a manqué d'audace à mi-chemin, répliqua Béchoux. Mon accusation a tout déclenché. »

Quelques heures plus tard, Van Houben rentrait dans son magnifique appartement du boulevard Haussmann. Il avait dîné au restaurant avec le brigadier Béchoux et le ramenait pour parler encore de l'affaire qui les préoccupait autant l'un que l'autre.

« Tiens, tiens, dit-il après un moment de conversation, on croirait entendre du bruit au bout de l'appartement. Les domestiques ne couchent pourtant pas de ce côté. »

Il suivit, ainsi que Béchoux, un long corridor à l'extrémité duquel se trouvait un petit logement ayant sa sortie particulière sur le grand escalier.

« Deux chambres tout à fait séparées, dit-il, où je reçois quelquefois des amis. »

Béchoux prêta l'oreille.

« En effet, il y a du monde.

— C'est curieux. Personne n'a la clef. »

Revolver au poing, ils entrèrent d'un bond, et, tout de suite, Van Houben poussa un cri : « Nom de D... ! » auquel Béchoux répondit par un autre cri : « Cré bon sang ! »

À genoux devant une femme étendue sur un canapé, Jean d'Enneris lui embrassait légèrement, selon sa méthode apaisante, le haut du front et les cheveux.

Ils s'avancèrent et reconnurent Gilberte de Mélamare, les yeux clos, très pâle, et la poitrine haletante.

D'Enneris, furieux, se planta devant les nouveaux venus.

« Encore vous ! Mais, sacrebleu ! on ne peut donc pas être tranquille ! Qu'est-ce que vous venez ficher ici, tous les deux ?

— Comment, ce que nous venons faire ? s'écria Van Houben. Mais je suis chez moi, ici ! »

Et Béchoux, indigné, proférait :

« Eh bien ! mais, tu as de l'aplomb ! Alors, c'est toi qui as fait évader la comtesse de l'hôtel ? »

D'Enneris, subitement apaisé, pirouetta sur lui-même.

« On ne peut rien te cacher, Béchoux. Mon Dieu, oui, c'est moi.

— Tu as osé !

— Dame, cher ami, tu avais oublié de mettre des agents dans le jardin. Alors, je l'ai fait filer par là, en lui donnant rendez-vous dans une rue voisine où elle prit une auto. La cérémonie de l'instruction terminée, je l'y retrouvai, et, depuis ce temps, après l'avoir transportée ici, je la soigne.

— Mais qui vous a fait entrer, sapristi ? dit Van Houben. Il fallait la clef de ce logement !

— Pas besoin. Avec des pinces, j'ouvre toutes les portes en rigolant. Voilà plusieurs fois que je visite ainsi votre demeure, cher ami, et j'ai pensé qu'il n'y avait pas de meilleure retraite pour Mme de Mélamare que ce coin isolé. Qui donc imaginerait que Van Houben ait pu recueillir la comtesse de Mélamare ? Personne. Pas même Béchoux ! Elle va vivre là très tranquillement, sous votre protection, jusqu'à ce que l'affaire soit éclaircie. La femme de chambre qui la servira croira que c'est votre nouvelle amie, puisque Régine est perdue pour vous.

— Je l'arrête ! je préviens la police ! » s'écria Béchoux.

D'Enneris éclata de rire.

« Ah ! ça c'est drôle ! Voyons. Tu sais aussi bien que moi que tu n'y toucheras pas. Elle est sacrée.

— Tu crois ça, toi ?

— Parbleu ! puisque je la protège. »

Béchoux était exaspéré.

« Alors, tu protèges une voleuse ?

— Une voleuse, qu'est-ce que tu en sais ?

— Comment ! la sœur de l'homme que tu as fait arrêter ?

— Calomnie odieuse ! Ce n'est pas moi qui l'ai fait arrêter. C'est toi, Béchoux.

— Sur ton indication, et parce qu'il est coupable, sans contestation possible.

— Qu'en sais-tu ?

— Hein ! voilà que tu n'es plus certain ?

— Ma foi, non, dit Jean d'Enneris, d'un ton de persiflage horripilant, il y a dans tout cela des choses rudement déconcertantes. Un voleur, ce noble personnage ? Une voleuse, cette dame si fière, dont je n'ose guère embrasser que les cheveux ? Vrai, Béchoux, je me demande si tu n'as pas été un peu vite, et si tu ne t'es pas jeté imprudemment dans une bien mauvaise affaire ? Quelle responsabilité, Béchoux ! »

Béchoux écoutait, vacillant et blême. Van Houben, le cœur étreint par l'inquiétude, sentait ses diamants se perdre de nouveau dans l'ombre.

Jean d'Enneris, agenouillé respectueusement devant la comtesse, chuchotait :

« Vous n'êtes pas coupable, n'est-ce pas ? Il est inadmissible qu'une femme comme vous ait volé. Promettez-moi de me dire la vérité au sujet de votre frère et de vous... »

V

EST-CE L'ENNEMI ?

Rien n'est plus fastidieux que le récit détaillé d'une instruction judiciaire, surtout lorsqu'il s'agit d'une affaire connue, dont tout le monde a parlé, et à propos de laquelle chacun s'est formé une opinion plus ou moins exacte. L'intérêt de ces pages consiste donc uniquement dans la mise en lumière de ce que le public ignora et de ce que la justice ne parvint pas à éclaircir, et, cela, en définitive, revient à raconter les faits et gestes de Jean d'Enneris, c'est-à-dire d'Arsène Lupin.

Qu'il suffise de rappeler combien l'enquête fut vaine. Le couple de vieux domestiques, tout en s'indignant que l'on osât soupçonner des maîtres qu'ils servaient depuis vingt ans, ne put dire un mot qui les disculpât. Gertrude ne quittait guère sa cuisine que pour les courses du matin. Quand on sonnait — ce qui était rare, car il y avait peu de visiteurs — François enfilait son habit et allait ouvrir.

Un sondage attentif permit d'affirmer qu'il n'y avait aucune issue dérobée. Le petit réduit attenant au salon, jadis alcôve avec ruelle, était utilisé comme cabinet de débarras. Nulle part, rien de suspect, rien de truqué.

Dans la cour, aucun logement. Aucune remise pour auto. On établit que le comte savait conduire. Mais, s'il avait une auto, où la mettait-il ? Et où se trouvait son garage ? Toutes questions qui ne reçurent point de réponse.

D'autre part, la comtesse de Mélamare demeurait invisible, et le comte se renferma dans un mutisme absolu, refusant aussi bien de s'expliquer sur les points essentiels que de donner les moindres renseignements sur sa vie privée.

Un fait cependant doit être retenu, car il domina toute cette aventure et l'idée générale que chacun en conçut instantanément dans les milieux judiciaires, comme dans la presse et dans le public. Ce fait, que Jean d'Enneris avait éventé dès le début et à propos duquel il voulait se renseigner, le voici, dépouillé de tout commentaire. En 1840, l'arrière-grand-père du comte actuel, Jules de Mélamare, le plus illustre de la race des Mélamare, général sous Napoléon, ambassadeur sous la Restauration, était arrêté pour vol et assassinat. Il mourait de congestion dans sa cellule.

On serra la question de plus près. On fouilla dans les archives. Certains souvenirs s'éveillèrent. Et un document d'une importance considérable fut mis au jour. En 1868, le fils de ce Mélamare, et le grand-père du comte Adrien, Alphonse de Mélamare, officier d'ordonnance de l'empereur Napoléon III, était convaincu de vol et d'assassinat. Dans son hôtel de la rue d'Urfé, il se brûlait la cervelle. L'empereur étouffa l'affaire.

L'évocation de ce double scandale fit une grande impression. Tout de suite, un mot éclaira le drame présent et résuma la situation : atavisme. Si le frère et la sœur ne possédaient pas une grosse fortune, du moins ils jouissaient d'une certaine aisance, ayant hôtel à Paris et château en Touraine, et se consacrant à des œuvres humanitaires ou charitables. Ce n'était donc point uniquement la cupidité qui pouvait expliquer l'incident de l'Opéra et le vol des diamants. Non, c'était l'atavisme. Les Mélamare avaient l'instinct du vol. Le frère et la sœur tenaient cela de leurs aïeux. Ils avaient volé, sans doute pour faire face à un train de vie supérieur à leurs ressources, ou peut-être par suite d'une tentation trop forte, mais surtout par nécessité atavique.

Et, comme son grand-père Alphonse de Mélamare, le comte Adrien avait voulu se tuer. Atavisme encore.

Quant aux diamants, quant au rapt des deux jeunes femmes, quant à l'emploi de son temps aux heures des deux épisodes, quant à la tunique trouvée dans sa bibliothèque, quant à tout ce qui constituait le côté mystérieux de l'aventure, il affirmait ne rien savoir. Cela ne le concernait pas. Cela semblait, pour lui, s'être produit sur une autre planète.

Il ne voulut se disculper qu'à propos d'Arlette Mazolle. Il avait eu, dit-il, de ses relations avec une femme mariée, une fille qu'il aimait beaucoup, et qui était morte quelques années auparavant. Ce dont il avait ressenti un profond chagrin. Or, Arlette ressemblait à cette fille, et il avait suivi Arlette deux ou trois fois, involontairement, en souvenir de l'enfant qu'il avait perdue. Il nia d'ailleurs, avec énergie, qu'il eût tenté de l'aborder dans une rue déserte, selon l'accusation d'Arlette Mazolle.

Quinze jours s'écoulèrent ainsi, durant lesquels le brigadier Béchoux, rageur et opiniâtre, déploya la plus grande et la plus inutile activité. Van Houben, qui s'attachait à ses pas, se lamentait.

« Fichus ! je vous dis qu'ils sont fichus. »

Béchoux montrait ses poings fermés.

« Vos diamants ? C'est comme si je les tenais dans mes mains. J'ai pris les Mélamare, je prendrai vos diamants.

— Vous êtes sûr de n'avoir pas besoin de d'Enneris ?

— Jamais de la vie ! J'aime mieux tout rater que de m'adresser à lui. »

Van Houben se rebiffait.

« Vous en avez de bonnes, vous ! Mes diamants passent avant votre amour-propre. »

Van Houben, d'ailleurs, ne manquait pas de stimuler Jean d'Enneris qu'il rencontrait journellement. Il ne pouvait pénétrer dans le logement isolé où se cachait Gilberte de Mélamare sans le voir assis aux pieds de la comtesse, lui prodiguant les consolations, lui donnant de l'espoir, lui promettant de sauver son frère de la mort et du déshonneur, et, du reste, n'obtenant d'elle aucun renseignement, aucune parole qui pût le guider.

Et si Van Houben, se retournant vers Régine Aubry, voulait l'emmener au restaurant, il était sûr de trouver d'Enneris en train de faire sa cour.

« Laissez-nous tranquilles, Van Houben, disait la belle actrice, je ne peux plus vous voir en peinture, depuis toutes ces histoires. »

Van Houben ne dérageait pas, et, prenant d'Enneris à part :

« Voyons, cher ami, mes diamants ?

— J'ai bien autre chose en tête. Régine et Gilberte me prennent tout mon temps, l'une l'après-midi, l'autre le soir.

— Mais le matin ?...

— Arlette. Elle est adorable, cette enfant, fine, intelligente, intuitive, heureuse et touchante, simple comme une enfant et mystérieuse comme une vraie femme. Et si honnête ! Le premier soir, j'ai pu, par surprise, lui embrasser les joues. Fini, maintenant ! Van Houben, je crois bien que c'est Arlette que je préfère. »

D'Enneris disait vrai. Son caprice pour Régine se transformait en bonne amitié. Il ne voyait plus Gilberte que dans le vain espoir d'obtenir des confidences. Mais il passait auprès d'Arlette des matinées qui le ravissaient. Il y avait en elle un charme particulier, qui venait à la fois d'une ingénuité profonde et d'un sens très sûr de la vie. Tous les rêves chimériques qu'elle faisait pour aider ses camarades prenaient une apparence d'événements réalisables quand elle les exposait en souriant.

« Arlette, Arlette, disait-il, je ne connais personne de plus clair que toi, et de plus obscur.

— Moi, obscure ? disait-elle.

— Oui, par moments. Je te comprends tout entière, sauf un certain point qui reste pour moi impénétrable, et qui, chose bizarre, n'existait pas quand je t'ai approchée pour la première fois. Chaque jour, l'énigme grandit. Énigme sentimentale, je crois.

— Pas possible ? disait-elle en riant.

— Oui, sentimentale... Tu n'aimes pas quelqu'un ?

— Si j'aime quelqu'un ? Mais tout le monde !

— Non, non, disait-il, il y a du nouveau dans ta vie.

— Je vous crois qu'il y a du nouveau ! Enlèvement, émotions, enquêtes, interrogatoires, des tas de gens qui m'écrivent, du bruit, trop de bruit autour de moi ! Il y a là de quoi faire perdre la tête à un petit mannequin ! »

Il hochait la tête et la regardait avec une tendresse croissante.

Cependant, au Parquet, l'instruction n'avançait pas. Vingt jours après l'arrestation de M. de Mélamare, on continuait à recueillir des témoignages sans valeur et à pratiquer des perquisitions qui ne menaient à rien. Toutes les pistes étaient mauvaises, et fausses toutes les hypothèses. On ne retrouva même pas le premier chauffeur qui avait conduit Arlette de l'hôtel Mélamare à la place des Victoires.

Van Houben maigrissait. Il ne voyait plus aucun lien entre l'arrestation du comte et le vol des diamants, et il ne se gênait pas pour suspecter tout haut les qualités de Béchoux.

Un après-midi, deux hommes sonnèrent à la porte du rez-de-chaussée que d'Enneris occupait près du parc Monceau. Le domestique ouvrit et les introduisit.

« Décampez, s'écria d'Enneris, en les rejoignant. Van Houben ! Béchoux ! eh bien, vrai, vous n'êtes pas fiers ! »

Ils confessèrent leur désarroi.

« C'est une de ces affaires qui se présentent mal, avoua le brigadier Béchoux piteusement. Il y a de la malchance.

— Il y a de la malchance pour les gourdes comme toi, fit d'Enneris. Enfin, je serai bon prince. Mais l'obéissance absolue, hein ? La corde au cou, et en chemise, comme les bourgeois de Calais ?

— Oui, déclara Van Houben, déjà ragaillardi par la bonne humeur de d'Enneris.

— Et toi, Béchoux ?

— Ordonne, dit Béchoux, d'une voix sinistre.

— Tu laisseras de côté la Préfecture, tu t'assiéras sur ton Parquet, puis tu proclameras que ces gens-là ne sont capables de rien, et tu me donneras des gages.

— Quels gages ?

— Des gages de collaboration loyale. Où en est-on là-bas ?

— Demain, il doit y avoir confrontation entre le comte, Régine Aubry et Arlette Mazolle.

— Fichtre ! il faut se hâter. Aucun fait n'a été caché au public ?

— Presque rien.

— Raconte.

— Mélamare a reçu une missive qu'on a découverte dans sa cellule. Elle est ainsi conçue : « Tout « s'arrangera. Je m'en porte garant. Courage. » J'ai enquêté. Je sais, depuis ce matin, que cette missive lui a été transmise grâce à la complicité d'un garçon du restaurant qui fournit les repas du comte, et qui m'a avoué qu'il y eut réponse de celui-ci.

— Tu possèdes le signalement exact du correspondant ?

— Exact.

— Parfait ! Van Houben, vous avez votre auto ?

— Oui.

— Allons.

— Où ?

— Vous le verrez. »

Et, dans l'auto où ils montèrent tous trois, d'Enneris formula :

« Il y a un point, Béchoux, que tu as négligé et qui, pour moi, est capital. Que signifie l'annonce faite par le comte dans les journaux, quelques semaines avant notre affaire ? Quel intérêt avait-il à réclamer de telles babioles ? Et quel intérêt avait-on à les lui barboter, de préférence à tant d'autres objets de valeur entassés dans l'hôtel de la rue d'Urfé ? Le seul moyen d'élucider cette question, c'était, n'est-ce pas ? de m'adresser à la bonne femme qui m'avait vendu la bobèche, le cordon de sonnette et autres futilités, pour la modique somme de treize francs cinquante. C'est ce que j'ai fait.

— Et le résultat ?

— Négatif jusqu'ici, mais positif tout à l'heure, je l'espère. Ma vendeuse du marché aux puces, que j'ai vue dès le lendemain des événements, s'est fort bien souvenue de la personne qui lui avait cédé le stock des objets pour cent sous, une marchande à la toilette, laquelle vient quelquefois lui refiler des objets de même acabit. Son nom ? son adresse ? Ma vendeuse les ignore. Mais elle était persuadée que le sieur Gradin, antiquaire, qui lui avait amené la marchande à la toilette, pourrait les indiquer. J'ai couru chez le sieur Gradin, sur la rive gauche. En voyage. Il revient aujourd'hui. »

Ils arrivèrent bientôt chez le sieur Gradin, lequel répondit, sans hésiter :

« Il s'agit évidemment de la mère Trianon que nous appelons tous ainsi à cause de sa boutique : « Le Petit Trianon », rue Saint-Denis. C'est une drôle de femme, pas communicative, assez bizarre, qui solde des tas de choses insignifiantes, mais qui, à côté de cela, m'a vendu des meubles fort intéressants, qu'elle tenait de je ne sais qui... entre autres un beau mobilier acajou du plus pur Louis XVI, signé Chapuis, le grand ébéniste du XVIIIe siècle.

— Mobilier que vous avez revendu ?

— Oui, et expédié en Amérique. »

Les trois hommes sortirent de là, fort intrigués. Cette signature Chapuis se retrouvait sur la plupart des meubles du comte de Mélamare.

Van Houben se frotta les mains.

« La coïncidence nous est favorable, et rien ne nous interdit de croire que mes diamants sont dans quelque tiroir secret du « Petit Trianon ». En ce cas, d'Enneris, je suis sûr que vous aurez la délicatesse...

— De vous en faire cadeau ?... Certainement, cher ami. »

L'auto s'arrêta à quelque distance du « Petit Trianon », où d'Enneris et Van Houben entrèrent, laissant Béchoux à la porte. C'était une étroite et longue boutique, encombrée de bibelots, de vases fêlés, de porcelaines ébréchées, de fourrures « usagées », de dentelles déchirées, et de tout ce qui compose un magasin de marchande à la toilette. Dans une arrière-boutique, la mère Trianon, grosse femme à cheveux gris, causait avec un monsieur qui tenait à la main une carafe sans bouchon.

Lentement, Van Houben et d'Enneris se promenèrent entre les étalages, comme des amateurs qui cherchent une occasion. D'un œil furtif, d'Enneris observait le monsieur, auquel il ne trouvait pas l'air d'un client qui est là pour acheter. Grand, blond, fort, trente ans peut-être, élégant d'aspect et de figure franche, il causa un moment encore, puis reposa la carafe sans bouchon et se dirigea vers la porte, tout en examinant différents bibelots et tout en épiant, lui aussi, d'Enneris s'en rendait compte, les nouveaux venus.

Van Houben, qui ne surprenait rien de ce double manège, et qui était arrivé près de la mère Trianon, estima qu'il pouvait entrer en conversation avec elle, puisque d'Enneris négligeait de le faire, et il lui dit à demi-voix :

« Est-ce que, par le plus grand des hasards, on ne vous aurait pas revendu certains objets qui m'ont été dérobés, par exemple une... »

D'Enneris, pressentant l'imprudence de son compagnon, tenta de lui faire signe, mais Van Houben continuait :

« Par exemple, une entrée de serrure, une moitié de cordon de sonnette en soie bleue... »

La marchande à la toilette dressa l'oreille, puis échangea un regard avec le monsieur, qui s'était retourné un peu plus vivement qu'il n'eût fallu, et qui fronça le sourcil.

« Ma foi, non, dit-elle... Cherchez dans le fouillis... Peut-être bien que vous trouverez des choses qui vous iront. »

Le monsieur attendit un moment, envoya de nouveau à la marchande un coup d'œil qui semblait la mettre en garde, et puis sortit.

D'Enneris se hâta vers la porte. Le monsieur héla un taxi, monta, et, se penchant par la portière, donna tout bas une adresse au chauffeur. Mais, à ce moment même, le brigadier Béchoux, qui s'était approché, passait le long de l'auto.

D'Enneris ne bougea pas durant l'espace de temps où il aurait pu être aperçu de l'inconnu. Dès que la voiture eut tourné, Béchoux et lui se rejoignirent.

« Eh bien ! tu as entendu ?

— Oui, hôtel Concordia, faubourg Saint-Honoré.

— Mais tu te méfiais donc ?

— J'avais identifié le bonhomme à travers les vitres. C'est lui.

— Qui ?

— Le type qui a réussi à faire passer une lettre au comte de Mélamare, dans sa cellule.

— Le correspondant du comte ? Et il causait avec la femme qui a vendu les objets volés dans l'hôtel Mélamare ! Fichtre ! tu avoueras, Béchoux, que la coïncidence a de la valeur ! »

Mais la joie de d'Enneris dura peu. À l'hôtel Concordia, on n'avait vu entrer aucun monsieur qui répondît au signalement. Ils attendirent. Jean s'impatientait.

« L'adresse donnée est peut-être fausse, déclara-t-il à la fin. L'individu aura voulu nous éloigner du « Petit Trianon ».

— Pourquoi ?

— Pour gagner du temps... Retournons-y. »

D'Enneris ne s'était pas trompé. Dès qu'ils eurent débouché dans la rue Saint-Denis, ils constatèrent que le magasin de la marchande à la toilette était déjà fermé, clos de ses volets, barré de sa barre de fer, et cadenassé.

Les voisins ne purent donner aucune indication. Tous connaissaient de vue la mère Trianon. Mais aucun d'eux n'avait jamais pu tirer d'elle un seul mot. Dix minutes auparavant, on l'avait aperçue qui, comme chaque soir, mais deux heures plus tôt, fermait elle-même sa boutique. Où allait-elle ? On ignorait le lieu de son domicile.

« Je le saurai, grogna Béchoux.

— Tu ne sauras rien, affirma d'Enneris. La mère Trianon est évidemment sous la coupe du monsieur, et celui-ci m'a tout l'air d'un type qui connaît son affaire, et qui non seulement pare les coups, mais n'est pas embarrassé pour en donner. Tu sens l'attaque, hein, Béchoux ?

— Oui. Mais il faut d'abord qu'il se défende.

— La meilleure manière de se défendre est d'attaquer.

— Il ne peut rien contre nous. À qui s'en prendrait-il ?

— À qui s'en prendrait-il ?... »

D'Enneris réfléchit quelques secondes, puis brusquement sauta dans l'auto, repoussa le chauffeur de Van Houben, prit le volant et démarra avec une rapidité qui laissa tout juste à Van Houben et à Béchoux le temps de s'accrocher aux portières. Par des prodiges d'adresse, il se faufila parmi les encombrements, força les consignes, et, à toute allure, gagna les boulevards extérieurs. La rue Lepic fut escaladée. Halte devant la maison d'Arlette. Irruption chez la concierge.

« Arlette Mazolle ?

— Mais elle est sortie, monsieur d'Enneris.

— Depuis ?...

— Un quart d'heure, pas davantage.

— Seule ?

— Non.

— Avec sa mère ?

— Non. Mme Mazolle est en courses et ne sait pas encore que Mlle Arlette est sortie.

— Avec qui, alors ?

— Un monsieur qui est venu la chercher en auto.

— Grand, blond ?

— Oui.

— Et que vous avez vu déjà ?

— Toute cette semaine, il est venu voir ces dames après dîner.

— Vous connaissez son nom ?

— Oui, M. Fagerault, Antoine Fagerault.

— Je vous remercie. »

D'Enneris ne cachait pas son désappointement et sa colère.

« Je prévoyais le coup, mâchonna-t-il en sortant de la loge. Ah ! il nous manœuvre, le bougre ! Et c'est lui qui mène le jeu. Mais bon sang, qu'il n'essaie pas de toucher à la petite ! »

Béchoux objecta :

« Ce ne doit pas être son but, puisqu'il est venu déjà, et qu'elle semble l'avoir suivi d'elle-même.

— Oui, mais qu'y a-t-il là-dessous, quelle embûche ? Pourquoi ne m'a-t-elle pas parlé de ces visites ? Enfin, quoi, que veut-il, ce Fagerault ? »

De même qu'il avait sauté dans l'auto sous le coup d'une inspiration subite, il traversa la rue en courant, entra dans un bureau de poste et demanda Régine au téléphone. Dès qu'il eut la communication :

« Madame est là ? De la part de M. d'Enneris.

— Madame sort à l'instant, monsieur, répondit la femme de chambre.

— Seule ?

— Non, monsieur, avec Mlle Arlette, qui est venue la chercher.

— Elle devait sortir ?

— Non. Madame s'est décidée d'un coup. Cependant, Mlle Arlette lui avait téléphoné ce matin.

— Vous ne savez pas où ces dames sont allées ?

— Non, monsieur. »

Ainsi, en l'espace de vingt minutes, ces deux mêmes femmes, qui avaient été enlevées une première fois, disparaissaient dans des conditions qui semblaient annoncer un nouveau piège et une menace plus terrible encore.

VI

LE SECRET DES MÉLAMARE

Cette fois, Jean d'Enneris resta maître de lui, du moins en apparence. Pas de colère. Pas de jurons. Mais quelle rage bouleversait son être !

Il consulta sa montre.

« Sept heures. Dînons. Tenez, voilà un petit caboulot. À huit heures, nous entrerons en action.

— Pourquoi pas tout de suite ? » dit Béchoux.

Ils s'attablèrent dans un coin, parmi de petits employés et quelques chauffeurs de taxis, et d'Enneris répondit au brigadier :

« Pourquoi ? Parce que je suis dérouté. J'ai agi au hasard, tâchant de parer les coups que j'envisageais comme possibles. Mais trop tard, et chacun d'eux m'a un peu plus démoli. J'ai besoin de me refaire et de comprendre. Pourquoi ce Fagerault a-t-il fait partir de chez elles Régine et Arlette ? Tout ce qu'on peut supposer d'un tel homme n'est pas de nature à me rassurer.

— Et tu crois que, dans une heure ?...

— Il faut toujours se donner une limite de temps, Béchoux. Cela vous oblige à trouver. »

On eût dit vraiment que d'Enneris ne se tourmentait guère, car il mangea de bon appétit et parla même de choses indifférentes. Mais ses gestes étaient nerveux et l'on devinait la tension inquiète de son cerveau. Au fond, il considérait la situation comme très grave. Vers huit heures, sur le point de s'en aller, il dit à Van Houben :

« Prenez des nouvelles de la comtesse par téléphone. »

Au bout d'une minute, Van Houben revint de la cabine installée dans le café.

« Rien de nouveau, m'a dit la femme de chambre que j'ai mise à son service. Elle va bien. Elle dîne.

— Filons.

— Où ? demanda Béchoux.

— Je ne sais pas. Marchons. Il faut agir. Il le faut, Béchoux, répéta d'Enneris avec force. Quand on pense que, toutes deux, elles sont à la disposition de cet individu. »

Ils descendirent à pied des hauteurs de Montmartre vers la place de l'Opéra, et Jean exhalait sa fureur en phrases brèves.

« Un rude jouteur que cet Antoine Fagerault ! et qui me le paiera cher ! Tandis que nous dispersions nos efforts, il agissait, lui... et avec quelle énergie ! Que veut-il ? Qui est-il ? Un ami du comte, comme sa lettre interceptée le donnerait à croire ? ou bien un ennemi ? un complice ou un rival ? Et, en tout état de cause, quel est son but en entraînant hors de chez elles ces deux femmes ? Elles ont déjà été enlevées l'une après l'autre... Que cherche-t-il en les emmenant ensemble ? Et pourquoi Arlette s'est-elle cachée de moi ? »

Longtemps il se tut. Il réfléchissait, frappant du pied parfois et bousculant les passants qui ne se dérangeaient pas.

Soudain, Béchoux lui dit :

« Tu sais où nous sommes ?

— Oui. Sur le pont de la Concorde.

— Donc pas loin de la rue d'Urfé.

— Pas loin de la rue d'Urfé et de l'hôtel de Mélamare, je le sais.

— Alors ? »

D'Enneris saisit le bras du brigadier.

« Béchoux, notre affaire est de celles où nul indice ne vous guide comme d'habitude, ni empreintes digitales, ni mensuration, ni vestiges de pas... rien... rien que l'intelligence, et, plus encore, l'intuition. Or, c'est de ce côté, et pour ainsi dire à mon insu, que mon intuition m'a dirigé. C'est là que tout s'est passé, là que fut conduite Régine d'abord, puis Arlette. Et, malgré moi, j'évoque le vestibule dallé, les vingt-cinq marches de l'escalier, le salon... »

Ils longeaient la Chambre des députés. Béchoux s'écria :

« Impossible ! Voyons, pourquoi cet homme-là répéterait-il ce qu'un autre a fait ? et dans des conditions bien plus dangereuses pour lui ?

— C'est justement ce qui me trouble, Béchoux ! S'il lui a fallu risquer cela pour la réussite de ses projets, comme ces projets doivent être menaçants !

— Mais c'est qu'on n'y entre pas comme on veut, dans cet hôtel ! protesta Béchoux.

— Ne te fais pas de bile pour moi, Béchoux. Je l'ai visité de fond en comble, de jour et de nuit, et sans que le vieux François s'en doute.

— Mais, lui, Antoine Fagerault ? Comment veux-tu qu'il entre ? et surtout qu'il introduise ces deux personnes ?

— Avec la complicité de François, parbleu ! » ricana d'Enneris.

Au fur et à mesure qu'il approchait, il pressait l'allure comme si sa vision des choses devenait plus nette, et qu'il imaginât avec plus d'anxiété les événements auxquels il fallait faire face.

Il évita la rue d'Urfé, contourna le pâté de maisons qui entouraient l'hôtel et gagna la rue déserte qui bordait le jardin sur la façade postérieure. Au-delà du pavillon abandonné, il y avait la petite porte par où Arlette s'était enfuie. De cette porte, d'Enneris, au grand étonnement de Béchoux, possédait les clefs, clef de la serrure et clef du verrou de sûreté. Il ouvrit. Le jardin s'étendait devant eux, à demi obscur, et l'on entrevoyait la masse de l'hôtel qu'aucune lumière n'éclairait. Les persiennes devaient être closes.

De même qu'Arlette, mais en sens contraire, ils suivirent la ligne plus sombre des arbustes, et ils se trouvaient à dix pas de la maison lorsqu'une main brutale empoigna l'épaule de d'Enneris.

« Eh ! quoi ! murmura-t-il, aussitôt sur la défensive.

— C'est moi, dit une voix.
— Qui vous ? Ah ! Van Houben... Que voulez-vous, saperlotte ?
— Mes diamants...
— Vos diamants ?
— Tout me laisse croire que vous allez les découvrir. Or, jurez-moi...
— Fichez-nous la paix, marmotta d'Enneris exaspéré, et en poussant Van Houben qui trébucha dans un massif. Et puis restez là. Vous nous gênez... Faites le guet...
— Vous me jurez... »

D'Enneris reprit sa course avec Béchoux. Les persiennes du salon étaient fermées. Tout de même il grimpa jusqu'au balcon, jeta un coup d'œil, écouta, et sauta à terre.

« Il y a de la lumière. Mais on ne voit rien à l'intérieur, et l'on n'entend rien.
— Donc c'est manqué ?
— T'es bête. »

Une porte basse faisait communiquer le sous-sol et le jardin. Il descendit quelques marches, alluma une lampe de poche, franchit une salle encombrée de pots à fleurs et de caisses, et déboucha avec précaution dans le vestibule qu'une ampoule éclairait. Personne. Il monta le grand escalier en recommandant le silence à Béchoux. Sur le palier, en face, il y avait le salon, à droite un boudoir qui n'était guère utilisé, mais qu'il connaissait bien pour y avoir fureté.

Il y entra, longea dans l'obscurité le mur qui séparait les deux pièces et se mit en mesure d'ouvrir avec une fausse clef, et sans qu'il se produisît un craquement ou un grincement, la porte à deux battants qui était condamnée à l'ordinaire. Il savait que, de l'autre côté, une tapisserie la masquait, et que cette tapisserie, doublée d'une toile trouée à certaines places, offrait des endroits par où l'on voyait au travers du fin grillage de la trame.

Ils perçurent des pas qui allaient et qui venaient sur le parquet. Aucun bruit de voix.

D'Enneris appuya sa main sur l'épaule de Béchoux,

comme pour prendre contact avec lui et lui imposer ses impressions.

La tapisserie avait bougé légèrement, au courant de l'air. Ils attendirent qu'elle se fût immobilisée. Alors ils collèrent leur visage contre elle, et ils virent.

Vraiment la scène dont ils furent les témoins surpris ne leur sembla pas de celles qui nécessitent une irruption et une bataille. Arlette et Régine, assises l'une près de l'autre sur un canapé, regardaient un monsieur, grand, blond, qui se promenait d'un bout à l'autre de la pièce. C'était l'homme qu'ils avaient rencontré au « Petit Trianon », le correspondant de M. de Mélamare.

Aucune de ces trois jeunes personnes ne soufflait mot. Les deux jeunes femmes n'avaient pas l'air anxieux, et Antoine Fagerault n'avait point l'aspect belliqueux, ou menaçant, ou même désagréable. Ces gens-là semblaient plutôt attendre. Ils écoutaient. Leurs yeux se tournaient souvent vers la porte qui donnait sur le palier et, même, Antoine Fagerault alla l'ouvrir et prêta l'oreille.

« Vous n'avez aucune inquiétude ? lui dit Régine.

— Aucune », déclara-t-il.

Et Arlette ajouta :

« La promesse fut formelle, et donnée sans même que j'aie besoin d'insister. Mais vous êtes sûr que le domestique entendra le timbre ?

— Il a bien entendu notre appel. D'ailleurs sa femme le rejoint dans la cour et je laisse les portes ouvertes. »

D'Enneris serra l'épaule de Béchoux. Ils se demandaient ce qui allait se passer, et quelle était cette personne dont la visite promise avait attiré Arlette et Régine.

Antoine Fagerault vint s'asseoir auprès de la jeune fille et ils parlèrent tout bas, avec animation. Il y avait une certaine intimité entre eux. Lui, il se montrait empressé et se penchait vers elle un peu plus qu'il n'eût fallu, sans qu'elle s'en offusquât. Mais ils se séparèrent brusquement. Fagerault se leva. Le timbre de la cour avait frappé deux fois, coup sur coup. Et deux fois encore, après un léger intervalle, il retentit.

« C'est le signal », dit Fagerault, qui se hâta vers le palier.

Une minute s'écoula. Des voix échangèrent quelques paroles. Puis il revint, accompagné d'une femme que d'Enneris et Béchoux reconnurent aussitôt : la comtesse de Mélamare.

L'épaule de Béchoux fut triturée avec une telle force qu'il étouffa un soupir. L'apparition de la comtesse stupéfiait les deux hommes. D'Enneris avait tout envisagé, sauf qu'elle abandonnât sa retraite et qu'elle vînt à la réunion provoquée par l'adversaire.

Elle était pâle, essoufflée. Ses mains tremblaient un peu. Elle regardait avec angoisse cette pièce où elle n'était pas retournée depuis le drame, et ces deux femmes dont le témoignage redoutable l'avait fait fuir et avait perdu son frère. Puis elle dit à son compagnon :

« Je vous remercie de votre dévouement, Antoine. Je l'accepte, en souvenir de notre ancienne amitié... mais sans espérer beaucoup.

— Ayez confiance, Gilberte, dit-il. Vous voyez bien que déjà j'ai su vous retrouver.

— Comment ?

— Par Mlle Mazolle, que j'ai été voir chez elle et que j'ai gagnée à votre cause. Sur mes instances, elle a interrogé Régine Aubry à qui Van Houben avait confié le lieu de votre retraite. C'est Arlette Mazolle qui, ce matin, vous a téléphoné de ma part, pour vous supplier. »

Gilberte inclina la tête en signe de remerciement, et elle dit :

« Je suis venue furtivement, Antoine, et à l'insu de l'homme qui m'a protégée jusqu'ici et à qui j'avais promis de ne rien faire sans l'avertir. Vous le connaissez ?

— Jean d'Enneris ? Oui, par ce que m'en a dit Arlette Mazolle, qui elle aussi regrette d'agir en dehors de lui. Mais il le fallait. Je me défie de tout le monde.

— Il ne faut pas se défier de cet homme-là, Antoine.

— Plus que de tout autre. Je l'ai rencontré tantôt chez une revendeuse que je cherche depuis des semaines et qui a entre les mains les objets volés à votre frère. Il était là, lui aussi, avec Van Houben et le policier Béchoux, et j'ai senti peser sur moi son regard hostile et soupçonneux. Il a même voulu me suivre. Dans quelle intention ?

— Il pourrait vous aider...

— Jamais ! Collaborer avec cet aventurier qui sort on ne sait d'où... avec ce don Juan équivoque et cauteleux, qui vous tient toutes sous sa domination ? Non, non, non. D'ailleurs nous n'avons pas le même but. Mon but est d'établir la vérité, le sien de capter les diamants au passage.

— Qu'en savez-vous ?

— Je le devine. Son rôle m'apparaît nettement. En outre, d'après mes informations particulières, c'est l'opinion que se font de lui Béchoux et Van Houben.

— Opinion fausse, affirma Arlette.

— Peut-être, mais j'agis comme si elle était vraie. »

D'Enneris écoutait passionnément. L'aversion que cet homme manifestait contre lui, il l'éprouvait de son côté, instinctive et violente. Il le détestait d'autant plus qu'il ne pouvait pas méconnaître la franchise de son visage et la sincérité de son dévouement. Qu'y avait-il entre Gilberte et lui, dans le passé ? L'avait-il aimée ? Et, dans le présent, par quels moyens avait-il pu gagner la sympathie et obtenir la soumission d'Arlette ?

La comtesse de Mélamare garda le silence assez longtemps. À la fin, elle murmura :

« Que dois-je faire ? »

Il désigna Arlette et Régine.

« Les persuader toutes deux, elles qui vous ont accusée. J'ai réussi, par ma seule conviction, à éveiller leurs doutes et à préparer cette entrevue. Vous seule pouvez compléter mon œuvre.

— Comment ?

— En parlant. Il y a dans cette affaire incompréhensible des faits qui la rendent plus incompréhensible encore, et sur lesquels cependant la justice s'est appuyée pour prendre des décisions implacables. Et il y a... il y a ce que vous savez.

— Je ne sais rien.

— Vous savez certaines choses... quand vous ne sauriez que les raisons pour lesquelles votre frère et vous, innocents tous deux, ne vous êtes pas défendus. »

Elle dit avec accablement :

« Toute défense est inutile.

— Mais je ne vous demande pas de vous défendre, Gilberte, s'écria-t-il d'une voix ardente. Je vous demande les motifs qui vous obligent à ne pas vous défendre. Sur les faits d'aujourd'hui, pas un mot. Soit. Mais votre état d'esprit, Gilberte, le fond de votre âme, toutes les choses sur lesquelles Jean d'Enneris vous a vainement interrogée... toutes ces choses que je devine, et que je connais, Gilberte, puisque j'ai vécu près de vous, ici, dans l'intimité de cet hôtel, et que le secret des Mélamare devait m'apparaître peu à peu, toutes ces choses que je pourrais expliquer, mais que votre devoir est de dire, Gilberte, parce que votre voix seule pourra convaincre Arlette Mazolle et Régine Aubry. »

Les coudes sur les genoux, la tête entre les mains, elle chuchota :

« À quoi bon !

— À quoi bon, Gilberte ? Demain, je le sais de source certaine, on les confronte avec votre frère. Que leur témoignage soit plus hésitant, moins affirmatif, quelle preuve réelle restera-t-il à la justice ? »

Elle demeurait prostrée. Tous ces arguments devaient lui sembler insignifiants et vains. Elle le dit, et ajouta :

« Non... non... rien ne servirait... il n'y a que le silence.

— Et la mort », dit-il.

Elle releva la tête.

« La mort ? »

Il se pencha sur elle et prononça gravement :

« Gilberte, j'ai communiqué avec votre frère. Je lui ai écrit que je vous sauverais tous deux, et il m'a répondu.

— Il vous a répondu, Antoine ? dit-elle, les yeux brillants d'émotion.

— Voici son billet. Quelques mots... lisez. »

Elle vit l'écriture de son frère, et lut.

« Merci. J'attendrai jusqu'à mardi soir. Sinon... »

Et, toute défaillante, elle balbutia :

« Mardi... c'est demain.

— Oui, demain. Si demain soir, après la confrontation, Adrien de Mélamare n'est pas libéré, ou sur le point de l'être, Adrien de Mélamare mourra dans sa cellule. Ne pensez-vous pas, Gilberte, qu'une tentative doit être faite pour le sauver ? »

Elle tressaillit de fièvre, repliée de nouveau sur elle-même, et la figure dissimulée. Arlette et Régine l'observaient avec une compassion infinie. D'Enneris se sentait le cœur serré. Tant de fois il avait essayé de provoquer en elle cette déroute de la résistance et de l'obstination ! Maintenant elle était vaincue. Et c'est dans les larmes, si bas qu'on l'entendait à peine, qu'elle s'exprima.

« Il n'y a pas de secret des Mélamare... Admettre qu'il y ait un secret, ce serait tenter d'effacer des fautes que ceux du dernier siècle et que mon frère et moi nous aurions commises. Or nous n'avons rien commis... Si nous sommes innocents tous deux, Jules et Alphonse de Mélamare le furent comme nous... Des preuves, je ne vous en donnerai pas. Je ne peux pas vous en donner. Toutes les preuves nous accablent, et pas une n'est en notre faveur... Mais nous savons, nous, que nous n'avons pas volé... Cela, on le sait bien soi-même, n'est-ce pas ? Je sais que ni Adrien ni moi nous n'avons amené ces jeunes femmes ici... et que nous n'avons pas pris les diamants ni caché la tunique... Nous le savons. Et nous savons aussi qu'il en fut de même pour notre grand-père et pour son père. Toute notre famille a toujours su qu'ils étaient, tous deux, innocents. C'est une vérité sacrée que mon père nous a transmise et qu'il tenait de ceux-là mêmes qui avaient été accusés... La probité, l'honneur sont de règle chez les Mélamare... Si loin qu'on remonte dans notre histoire, on ne trouve aucune faiblesse. Pourquoi eussent-ils agi, soudain, sans raison ? Ils étaient riches et honorés. Et pourquoi mon frère et moi aurions-nous, sans raison, menti à notre passé... et menti au passé de tous les nôtres ? »

Elle s'arrêta. Elle avait parlé avec une émotion poignante et un accent désespéré qui, tout de suite, avaient touché les deux jeunes femmes. Arlette s'avança vers elle, et, le visage contracté, lui dit :

« Et alors, madame... Alors ?

— Alors, répondit-elle, nous sommes les victimes de je ne sais pas quelle chose... S'il y a un secret, c'est celui-là, celui qui est contre nous. Au théâtre, dans les tragédies, on montre des familles que le destin persécute pendant plusieurs générations. Voilà trois quarts de siècle que nous sommes frappés sans relâche. Peut-être, au début, Jules de Mélamare aurait-il pu et aurait-il voulu se défendre, malgré les charges terribles qui pesaient sur lui. Malheureusement, fou d'indignation et de colère, il mourut de congestion dans sa cellule. Et vingt-cinq ans plus tard, son fils Alphonse déjà n'offrait plus la même résistance, lorsque des charges différentes, mais aussi terribles, s'accumulèrent contre lui. Traqué de toutes parts, effrayé de se sentir impuissant, se rappelant le calvaire de son père, il se suicida. »

De nouveau Gilberte de Mélamare se tut. Et de nouveau Arlette, qui frémissait en face d'elle, lui dit :

« Alors, madame ?... Je vous en supplie, continuez. »

Et la comtesse repartit :

« Alors la légende est née chez nous... légende de malédiction qui s'appesantit sur cet hôtel funeste où le père et le fils avaient vécu, et où l'un et l'autre avaient été pris à la gorge par l'étreinte des preuves. Brisée, elle aussi, au lieu de lutter pour la mémoire de son mari, la veuve se réfugie chez ses parents, à la campagne, élève son fils, qui fut notre père, lui enseigne l'horreur de Paris, lui fait jurer de ne jamais rouvrir l'hôtel de Mélamare, le marie en province... et le sauve ainsi de la catastrophe qui l'eût écrasé à son tour.

— Qui l'eût écrasé ?... dit Arlette. Qu'en savez-vous ?

— Oui, oui, s'écria la comtesse avec exaltation, oui, il eût été écrasé comme les autres, parce que la mort est ici, dans cet hôtel. C'est ici que le mauvais génie des Mélamare nous cerne et nous terrasse. Et c'est pour nous être insurgés contre lui, après la mort de nos parents, que mon frère et moi nous subissons la loi fatale. Dès les premiers jours, quand nous avons franchi la porte de la rue d'Urfé, arrivant de province pleins d'espoir, oublieux du passé, joyeux d'entrer dans la demeure de nos ancêtres, dès les premiers jours, nous avons senti la menace sournoise du péril. Mon frère surtout. Moi, je me suis mariée, j'ai divorcé, j'ai été heureuse et malheureuse. Mais Adrien tout de suite devint sombre. Sa certitude était si grande et si douloureuse qu'il résolut de ne pas se marier. En coupant court à la lignée des Mélamare, il conjurait le sort et interrompait la série des malheurs. Il serait le dernier des Mélamare. Il avait peur !

— Mais peur de quoi ? demanda Arlette, d'une voix altérée.

— De ce qui allait advenir, et de ce qui est advenu, au bout de quinze ans.

— Mais rien ne le laissait prévoir ?

— Non, mais le complot se tramait dans l'ombre. Les ennemis rôdaient autour de nous. L'investissement de notre demeure se poursuivait et se resserrait. Et l'attaque s'annonça brusquement.

— Quelle attaque ?

— Celle qui s'est produite, il y a quelques semaines. Incident naturel, en apparence, mais avertissement terrible. Un matin, mon frère s'aperçut que certains objets n'étaient plus là, des objets insignifiants, un cordon de sonnette, une bobèche ! mais qu'on avait choisis au milieu des plus beaux, pour bien marquer que l'heure était venue... »

Elle fit une pause et acheva :

« Que l'heure était venue... et que la foudre allait tomber. »

Ces mots furent prononcés avec une épouvante pour ainsi dire mystique. Les yeux étaient égarés. On sentait dans son attitude tout ce qu'elle et son frère avaient souffert, en attendant...

Elle dit encore, et ses paroles révélaient l'état de détresse et de dépression où « la foudre », selon sa formule, les avait surpris.

« Adrien essaya de lutter. Il fit passer une annonce pour réclamer les objets disparus. Il voulait ainsi, comme il disait, apaiser le destin. Si l'hôtel reprenait possession de ce qui lui avait été pris, si les objets retrouvaient l'emplacement sacré qu'ils occupaient depuis un siècle et demi, il n'y aurait plus contre nous ces forces mystérieuses qui persécutaient la race des Mélamare. Espoir inutile. Que peut-on faire quand on est condamné d'avance ? Un jour vous êtes entrées ici toutes deux, vous que nous n'avions jamais vues, et vous nous avez accusés de choses auxquelles nous ne comprenions rien... Et ce fut fini. Il n'y avait pas à se défendre, n'est-ce pas ? Nous nous trouvions subitement désarmés et enchaînés. Pour la troisième fois les Mélamare étaient vaincus sans même savoir pourquoi. Les mêmes ténèbres nous enveloppaient que Jules et Alphonse de Mélamare. Et le même dénouement mettrait fin à nos épreuves... le suicide, la mort... Voilà notre histoire. Quand il en est ainsi, il n'y a que la résignation et la prière. La révolte est presque sacrilège, puisque l'ordre est donné. Mais quelle souffrance ! et quel fardeau nous portons depuis un siècle ! »

Cette fois Gilberte était arrivée au bout de l'étrange confidence, et aussitôt elle retomba dans cette torpeur où elle s'abîmait depuis le drame. Mais tout ce que son récit présentait d'anormal et, en quelque sorte, de morbide, s'atténuait de la grande compassion et du respect qu'imposaient ses malheurs.

Antoine Fagerault, qui n'avait pas prononcé une seule parole, vint vers elle et lui embrassa la main avec vénération. Arlette pleurait. Régine, moins sensible, paraissait aussi touchée.

VII

FAGERAULT, LE SAUVEUR

Derrière leur tapisserie, Jean d'Enneris et Béchoux n'avaient pas remué. Tout au plus, par instants, les doigts implacables de d'Enneris torturaient le brigadier. Profitant de ce qu'on aurait pu appeler un entracte, il dit à l'oreille de son compagnon :

« Qu'en penses-tu ? Cela s'éclaircit, hein ? »

Le brigadier chuchota :

« À mesure que cela s'éclaircit, tout s'embrouille. Nous connaissons le secret des Mélamare, mais rien de plus sur l'affaire, sur le double enlèvement, sur les diamants.

— Très juste. Van Houben n'a pas de chance. Mais patiente un peu. Le sieur Fagerault s'agite. »

De fait, Antoine Fagerault quittait Gilberte et se tournait vers les deux jeunes femmes. La conclusion du récit, c'est lui qui devait la donner en même temps qu'il allait exposer ses projets. Il demanda :

« Mademoiselle Arlette, tout ce qu'a dit Gilberte de Mélamare, vous le croyez, n'est-ce pas ?

— Oui.

— Vous aussi, madame ? dit-il à Régine.

— Oui.

— Et vous êtes prêtes toutes les deux à agir selon votre conviction ?

— Oui. »

Il reprit :

« En ce cas, nous devons nous conduire avec prudence et dans le seul dessein de réussir, c'est-à-dire de libérer le comte de Mélamare. Et, cela, vous le pouvez.

— Comment ? dit Arlette.

— D'une manière très simple : en atténuant vos dépositions, en accusant avec moins de fermeté, et en mêlant le doute à des affirmations vagues.

— Cependant, objecta Régine, je suis certaine d'avoir été amenée dans ce salon, et je ne puis le nier.

— Non. Mais êtes-vous sûre d'y avoir été amenée par M. et Mme de Mélamare ?

— J'ai reconnu la bague de madame.

— Comment pouvez-vous le certifier ? Au fond, la justice ne s'appuie que sur des présomptions, et l'instruction n'a nullement renforcé les charges de la première heure. Le juge, nous le savons, s'inquiète. Que vous consentiez à dire avec hésitation : « Cette bague ressemble bien à celle que j'ai vue. Cependant, peut-être, les perles n'étaient-elles pas disposées de la même façon. » Et la situation change du tout au tout.

— Mais, dit Arlette, il faudrait pour cela que la comtesse de Mélamare assistât à la confrontation.

— Elle y assistera », dit Antoine Fagerault.

Ce fut un coup de théâtre. Gilberte se dressa, effarée.

« Je serai là ?... Il faut que je sois là ?

— Il le faut, s'écria-t-il d'un ton impérieux. Il ne s'agit plus de tergiverser ou de fuir. Votre devoir est de faire face à l'accusation, de vous défendre pied à pied, de secouer cet engourdissement de la peur et de la résignation absurde qui vous a tous paralysés, et d'entraîner votre frère à lutter, lui aussi. Vous coucherez ce soir dans cet hôtel, vous reprendrez votre place comme si Jean d'Enneris n'avait pas eu l'imprudence de vous le faire quitter, et, lorsque la confrontation aura lieu, vous vous présenterez. La victoire est inévitable, mais il faut la vouloir.

— Mais on m'arrêtera..., dit-elle.

— Non ! »

Le mot fut jeté si violemment et la physionomie d'Antoine Fagerault exprimait une telle foi que

Gilberte de Mélamare inclina la tête en signe d'obéissance.

« Nous vous aiderons, madame, dit Arlette qui s'enflammait à son tour, et dont les circonstances mettaient en valeur l'esprit logique et clairvoyant. Mais notre bonne volonté suffira-t-elle ? Puisque nous avons été conduites ici l'une après l'autre, que nous avons reconnu ce salon et qu'on a retrouvé la tunique d'argent dans cette bibliothèque, la justice voudra-t-elle admettre que Mme de Mélamare et son frère ne soient pas coupables ou tout au moins complices ? Habitant cet hôtel, et ne l'ayant pas quitté à ces heures-là, ils ont dû voir, ils ont assisté aux deux scènes.

— Ils n'ont rien vu et ils n'ont rien su, dit Antoine Fagerault. Il faut bien se représenter la disposition de l'hôtel. Au second étage à gauche, et sur le jardin, les appartements du comte et de la comtesse, où ils dînent et où ils passent la soirée... À droite, et sur le jardin, la chambre des domestiques... En bas et au milieu, personne, et personne non plus dans la cour et dans les communs. Voilà donc un terrain d'action entièrement libre. C'est le terrain où ont évolué les acteurs des deux scènes, où ils vous ont amenées, toutes deux, et d'où vous, mademoiselle, vous vous êtes enfuie. »

Elle objecta :

« C'est invraisemblable.

— Invraisemblable, en effet, mais possible. Et ce qui donne à cette possibilité un caractère plus acceptable, c'est que l'énigme se pose pour la troisième fois dans les mêmes conditions, et qu'il y a toute probabilité pour que Jules de Mélamare, Alphonse de Mélamare et Adrien de Mélamare aient été perdus parce que l'hôtel de Mélamare est disposé de cette sorte. »

Arlette haussa légèrement les épaules.

« Alors, selon votre hypothèse, trois fois le même complot aurait recommencé avec des malfaiteurs nouveaux qui, chaque fois, auraient constaté cette disposition ?

— Des malfaiteurs nouveaux, oui, mais des malfaiteurs qui connaissaient la chose. Il y a le secret des Mélamare, qui est un secret de peur et de défaillance que se transmettent plusieurs générations. Mais, en face, il y a un secret de convoitise et de rapine, d'agression sans danger, qui se prolonge à travers une race opposée.

— Mais pourquoi ces gens-là viennent-ils ici ? Ils auraient tout aussi bien dépouillé Régine Aubry dans l'automobile, sans commettre l'imprudence de la transporter dans cet hôtel pour lui arracher le corselet de diamants.

— Imprudence, non, mais précaution, afin que d'autres soient accusés, et qu'eux demeurent impunis.

— Mais moi, je n'ai pas été volée, et l'on ne pouvait pas me voler, puisque je n'ai rien.

— Cet homme vous poursuivait peut-être par amour.

— Et, pour cela également, il m'aurait amenée ici ?

— Oui, pour tourner les soupçons vers d'autres.

— Est-ce un motif suffisant ?

— Non.

— Alors ?

— Alors, il y a la haine, la rivalité possible des deux races dont l'une, pour des raisons inconnues, s'est accoutumée à opprimer la première.

— M. et Mme de Mélamare le sauraient, cela.

— Non. Et c'est justement ce qui fait leur infériorité et ce qui, fatalement, provoque leur défaite. Les adversaires marchent parallèlement au cours d'un siècle. Mais les uns ignorent les autres, et ceux-ci, qui savent, agissent et complotent. En conséquence les Mélamare sont réduits à invoquer l'intervention d'une sorte de mauvais génie qui les persécute, tandis qu'il n'y a qu'une suite de gens, qui, par tradition, par habitude, succombent à la tentation, profitent du terrain d'action qui leur est offert, accomplissent ici leur besogne, et y laissent volontairement des preuves de leur passage... comme cette tunique d'argent. Ainsi, les Mélamare seront accusés. Et ainsi les victimes, comme vous, Arlette Mazolle, et comme Régine Aubry, reconnaîtront l'endroit où elles ont été enfermées. »

Arlette ne semblait pas satisfaite. L'explication, bien qu'elle fût habilement présentée et qu'elle répondît étrangement à la situation exposée par Gilberte, avait quelque chose de « forcé », se heurtait à tant d'arguments contraires, et laissait dans l'ombre tant de faits essentiels, qu'on ne pouvait l'adopter sans résistance. Mais, tout de même, c'était une explication et, par bien des côtés, elle donnait l'impression de n'être pas très loin de la vérité.

« Soit, dit-elle. Mais ce que vous imaginez... »

Il rectifia :

« Ce que j'affirme.

— Ce que vous affirmez, la justice ne peut l'admettre ou le rejeter que si on lui en fait part. Qui le lui dira ? Qui aura assez de conviction et de sincérité pour la contraindre à écouter d'abord, et ensuite à croire ?

— Moi, dit-il hardiment. Et moi seul peux le faire. Je me présenterai demain en même temps que Mme de Mélamare, comme son ami d'autrefois, et j'avouerai même sans honte que, ce titre d'ami, j'aurais été heureux, si elle avait consenti, de le changer contre un titre plus en rapport avec les sentiments que j'éprouvais pour elle. Je dirai qu'après un voyage de plusieurs années, entrepris à la suite de son refus, je suis revenu à Paris au moment où ses épreuves commençaient, que je me suis juré d'établir son innocence et celle de son frère, que j'ai découvert sa retraite, et que je l'ai persuadée de revenir chez elle.

« Et, lorsque les magistrats seront déjà ébranlés par votre déposition moins catégorique et les doutes de Régine Aubry, alors je redirai les confidences de Gilberte, je révélerai le secret des Mélamare, et j'établirai les conclusions qu'il faut en tirer. Le succès est certain. Mais, comme vous le voyez, mademoiselle Arlette, le premier pas c'est vous et c'est Régine Aubry qui devez le faire. Si vous n'êtes pas franchement résolues, si vous ne voyez que les contradictions et les insuffisances de mes explications, regardez Gilberte de Mélamare, et demandez-vous si une telle femme peut être voleuse. »

Arlette n'hésita pas. Elle déclara :

« Je déposerai demain dans le sens que vous m'indiquez.

— Moi de même, dit Régine.

— Mais j'ai bien peur, monsieur, dit Arlette, que le résultat ne soit pas conforme à votre désir... à notre désir à tous. »

Il conclut posément :

« Je réponds de tout. Adrien de Mélamare ne quittera peut-être pas sa prison demain soir. Mais les choses tourneront d'une telle manière que la justice n'osera pas arrêter Mme de Mélamare, et que son frère conservera assez d'espoir pour vivre jusqu'à l'heure de la libération. »

Gilberte lui tendit la main de nouveau.

« Je vous remercie encore, je vous ai méconnu autrefois, Antoine. Ne m'en veuillez pas.

— Je ne vous en ai jamais voulu, Gilberte, et je suis trop heureux de servir votre cause. Je l'ai fait pour vous, en souvenir du passé. Je l'ai fait aussi parce que c'était juste, et parce que... »

Il dit plus bas, d'un air grave :

« Il y a des actes qu'on accomplit avec plus d'enthousiasme quand on les accomplit sous les yeux de certaines personnes. Il semble que ces actes, bien naturels cependant, prennent une allure d'exploits, et qu'ils vous aideront à gagner l'estime et l'affection de ceux qui vous voient agir. »

Cette petite tirade fut prononcée très simplement, sans aucune affectation et en l'honneur d'Arlette. Mais la position des personnages dans la pièce, à ce moment, ne permettait pas à d'Enneris de voir leurs figures, et il crut que la déclaration s'adressait à Gilberte de Mélamare.

Une seconde seulement, il soupçonna la vérité, ce qui valut à Béchoux une douleur intolérable entre les deux omoplates. Jamais le brigadier n'aurait cru que des doigts pussent donner cette impression de tenailles. Par bonheur, cela ne se prolongea point.

Antoine Fagerault n'avait pas insisté. Ayant sonné le couple des vieux domestiques, il leur donna des instructions minutieuses sur le rôle qu'ils devaient jouer le lendemain et sur les réponses qu'ils devaient faire. Le soupçon de d'Enneris se dissipa.

Ils écoutèrent encore quelques minutes. Mais il semblait que la conversation fût terminée. Régine proposait à Arlette de la reconduire.

« Allons-nous-en, murmura d'Enneris. Ces gens-là n'ont plus rien à se dire. »

Il partit, irrité contre Antoine Fagerault et contre Arlette. Il traversa le boudoir et le vestibule, avec le désir d'être entendu, afin de pouvoir exhaler sa mauvaise humeur.

En tout cas, dehors, il la passa sur Van Houben, qui jaillit d'un massif pour lui réclamer ses diamants, et qui fut rejeté prestement par une bourrade vigoureuse.

Béchoux n'eut pas beaucoup plus de chance, quand il voulut formuler un avis.

« Après tout, cet homme n'est pas antipathique.

— Idiot ! grinça d'Enneris.

— Pourquoi, idiot ? Tu n'admets pas chez lui une certaine sincérité ? Son hypothèse...

— Re-idiot ! »

Le brigadier flancha sous l'épithète.

« Oui, je sais, il y a notre rencontre dans la boutique du Trianon, son coup d'œil avec la revendeuse, et la fuite de celle-ci. Mais ne crois-tu pas que tout peut s'accorder ? »

D'Enneris ne discuta pas. Dès qu'ils furent sortis du jardin, il se débarrassa de ses deux acolytes et courut vers un taxi. Van Houben, persuadé qu'il emportait ses diamants, essaya de le retenir, mais reçut un coup droit qui régla le conflit. Dix minutes plus tard, Jean s'étendait sur son divan.

C'était sa tactique aux heures de fièvre où il ne se sentait plus maître de lui et craignait de commettre quelque bêtise. S'il se fût écouté, il eût pénétré furtivement chez Arlette Mazolle, et, après avoir exigé de la jeune fille une explication, l'eût prévenue contre Antoine Fagerault. Expédition inutile. L'essentiel était d'abord d'évoquer toutes les phases de l'entrevue et de se former une opinion qui ne fût pas celle que lui imposaient de banales impressions d'amour-propre et une vague jalousie.

« Il les tient tous, disait-il avec agacement, et je crois même qu'il m'aurait mis dedans comme les autres, s'il n'y avait pas l'incident du Trianon... Et puis, non, non, c'est trop bête, son histoire !... La justice marchera peut-être. Pas moi ! Cela ne tient pas debout. Mais alors que veut-il ? Pourquoi se dévoue-t-il aux Mélamare ?... Et comment a-t-il l'audace de sortir de l'ombre et de se mettre en avant, comme s'il n'avait rien à risquer ? On va enquêter sur lui, on va fouiller dans sa vie, et il marche quand même ?... »

D'Enneris enrageait aussi qu'Antoine Fagerault se fût insinué si adroitement auprès d'Arlette et eût pris sur elle, par des moyens qu'il ne discernait point, une influence incompréhensible qui contrecarrait la sienne, et qui se révélait si forte que la jeune fille avait agi en dehors de lui, et même en opposition avec lui. C'était là, pour d'Enneris, une humiliation dont il souffrait.

Le lendemain soir, Béchoux arriva, tout agité.

« Ça y est.

— Quoi ?

— La justice a coupé dedans.

— Comme toi.

— Comme moi ! comme moi, non... Mais j'avoue...

— Que tu es embobiné comme les autres, et que Fagerault vous a fait prendre des vessies pour des lanternes. Raconte.

— Tout s'est passé dans l'ordre fixé. Confrontation. Interrogatoire. Par leurs réticences et leurs dénégations, Arlette et Régine déconcertent le juge d'instruction. Sur quoi surviennent la comtesse et Fagerault, et le programme continue.

— Avec Fagerault comme acteur.

— Oui, acteur irrésistible, d'une éloquence ! d'une habileté !

— Passons. Je connais l'individu, un cabotin de premier ordre.

— Je t'assure...

— Conclusion : un non-lieu ? Le comte sera libéré ?

— Demain ou après-demain.

— Quelle tuile pour toi, mon pauvre Béchoux ! car tu es responsable de l'arrestation. À propos, comment s'est comportée Arlette ? Toujours influencée par le Fagerault ?

— Je l'ai entendue qui annonçait son départ à la comtesse, dit Béchoux.

— Son départ ?

— Oui, elle va se reposer quelque temps chez une de ses amies à la campagne.

— Très bien, dit Jean, à qui cette nouvelle fut agréable. Au revoir, Béchoux. Tâche de me fournir des renseignements sur Antoine Fagerault et sur la mère Trianon. Et laisse-moi dormir. »

Le sommeil de d'Enneris consista durant une semaine à fumer des cigarettes et ne fut interrompu que par Van Houben qui lui réclama ses diamants et le menaça de mort, par Régine qui s'asseyait près de lui, et à qui il défendait de troubler ses méditations en prononçant un seul mot, et par Béchoux qui l'appela au téléphone et qui lui lut cette fiche :

« Fagerault. — Vingt-neuf ans, d'après son passeport. Né à Buenos Aires de parents français, décédés. Depuis trois mois à Paris, où il habite l'hôtel Mondial, rue de Châteaudun. Sans profession. Quelques relations dans le monde des courses et de l'automobile. Aucune indication sur sa vie intime et sur son passé. »

Une semaine encore d'Enneris ne bougea pas de chez lui. Il réfléchissait. De temps à autre, il se frottait les mains avec allégresse, ou bien marchait d'un air soucieux. Enfin, un jour, il y eut un nouveau coup de téléphone.

C'était Béchoux qui l'appela d'une voix saccadée :

« Viens. Pas un instant à perdre. Rendez-vous au café Rochambeau, dans le haut de la rue La Fayette. Urgent. »

La bataille commençait, et d'Enneris y alla joyeusement, en homme dont les idées sont plus claires et à qui la situation semble moins confuse.

Au café Rochambeau, il s'assit près de Béchoux qui, installé à l'intérieur contre la vitre, surveillait la rue.

« Je suppose que tu ne m'as pas dérangé pour des prunes, hein ?

Béchoux qui, en cas de réussite, se gonflait d'importance et s'étalait volontiers en périodes pompeuses, débuta :

« Parallèlement à mes investigations...

— Pas de grands mots, mon vieux. Des faits.

— Donc, la boutique de la mère Trianon s'obstinant à rester close...

— Une boutique ne s'obstine pas. Je te conseille le style télégraphique... ou même le petit-nègre.

— Donc, la boutique...

— Tu l'as déjà dit.

— Ah ! tu m'embêtes à la fin.

— À quoi veux-tu arriver ?

— À te dire que le bail de cette boutique est au nom d'une demoiselle Laurence Martin.

— Tu vois qu'il n'y avait pas besoin de faire des discours. Et cette Laurence Martin, c'est notre revendeuse ?

— Non. J'ai vu le notaire. Laurence Martin n'a pas plus de cinquante ans.

— Elle aurait donc sous-loué ou mis quelqu'un à sa place ?

— Justement, elle aurait mis la revendeuse... laquelle, d'après ce que je crois, serait la sœur de Laurence Martin...

— Où demeure celle-ci ?

— Impossible de le savoir. Le bail date de douze ans, et l'adresse indiquée n'est pas la bonne.

— Comment paie-t-elle ses termes ?

— Par l'intermédiaire d'un très vieux bonhomme,

qui boite. J'étais donc embarrassé, lorsque, ce matin, les circonstances m'ont servi.

— Heureusement pour toi. Bref ?...

— Bref, ce matin, à la Préfecture, j'ai appris qu'une certaine dame avait offert cinquante mille francs à M. Lecourceux, conseiller municipal, s'il changeait les conclusions d'un rapport qu'il doit déposer incessamment. M. Lecourceux, qui jouit d'une réputation assez équivoque, et qui, à la suite d'un scandale récent, cherche à se réhabiliter, a aussitôt averti la police. La remise de l'argent par cette dame doit avoir lieu tout à l'heure dans le bureau où M. Lecourceux, tous les jours, est à la disposition de ses électeurs. Deux agents sont déjà cachés dans une pièce voisine d'où ils constateront la tentative de corruption.

— La femme a donné son nom ?

— Elle ne l'a pas donné, mais le hasard a voulu que, jadis, M. Lecourceux ait été en relations avec elle, ce dont elle ne s'est pas souvenue.

— Et c'est Laurence Martin ?

— Laurence Martin. »

D'Enneris se réjouit.

« Parfait. Le lien de complicité qui unit Fagerault à la mère Trianon va maintenant jusqu'à Laurence Martin. Or tout ce qui prouve la fourberie du sieur Fagerault me fait plaisir. Et le bureau du conseiller municipal se trouve ?

— Dans la maison opposée, à l'entresol. Deux fenêtres seulement. Par-derrière une petite salle d'attente, donnant, comme le bureau, sur un vestibule.

— C'est tout ce que tu as à me dire ?

— Non. Mais le temps presse. Il est deux heures moins cinq, et...

— Parle tout de même. Il ne s'agit pas d'Arlette ?

— Si.

— Hein ? Qu'y a-t-il ?

— Je l'ai aperçue hier, ton Arlette, fit Béchoux, une nuance de moquerie dans la voix.

— Comment ! mais tu m'as dit qu'elle avait quitté Paris !

— Elle ne l'a pas quitté.
— Et tu l'as rencontrée ? Tu es bien sûr ? »
Béchoux ne répondit pas. Brusquement il s'était levé à demi et se collait à la vitre.

« Attention ! la Martin... »

De l'autre côté de la rue, en effet, une femme descendait d'un taxi et payait le chauffeur. Elle était grande et habillée vulgairement. Le visage semblait dur et flétri. Cinquante ans peut-être. Elle disparut dans le couloir d'entrée dont la porte demeurait grande ouverte.

« C'est elle, évidemment », dit Béchoux, qui se disposait à sortir.

D'Enneris l'arrêta par le poignet.

« Pourquoi rigoles-tu ?
— Tu es fou ! je ne rigole pas.
— Si, tout à l'heure, à propos d'Arlette.
— Mais il faut courir en face, sacrebleu !
— Je ne te lâcherai pas avant que tu ne m'aies répondu.
— Eh bien, voilà : Arlette attendait quelqu'un dans une rue voisine de sa maison.
— Qui ?
— Fagerault.
— Tu mens !
— Je l'ai vu. Ils sont partis ensemble. »

Béchoux réussit à se dégager et traversa la chaussée. Mais il n'entra pas dans la maison. Il hésitait.

« Non, dit-il. Restons là. Il est préférable de suivre la Martin, au cas où elle éviterait le piège là-haut. Ton avis ?
— Je m'en contrefiche, articula d'Enneris, de plus en plus surexcité. Il s'agit d'Arlette. Tu es monté chez sa mère ?
— Flûte !
— Écoute, Béchoux, si tu ne me réponds pas, j'avertis Laurence Martin. Tu as vu la mère d'Arlette ?
— Arlette n'a pas quitté Paris. Chaque jour, elle s'en va et ne rentre que pour dîner.
— Mensonge ! Tu dis ça pour m'embêter... Je connais Arlette... Elle est incapable... »

Sept à huit minutes s'écoulèrent. D'Enneris se taisait, mais arpentait le trottoir en frappant du pied et en bousculant les promeneurs. Béchoux veillait, les yeux fixés sur l'entrée. Et, soudain, il vit la femme qui débouchait. Elle les examina d'un regard, puis s'éloigna dans une autre direction, à une allure trop rapide et avec un trouble visible.

Béchoux lui emboîta le pas. Mais, lorsqu'elle arriva devant un escalier du métro, elle s'engouffra tout à coup sous la voûte et put faire contrôler son billet au moment où une rame entrait en gare. Béchoux était distancé. Il eut l'idée de téléphoner à la station voisine, mais craignit de perdre du temps et abandonna la partie.

« Bredouille ! dit-il en rejoignant d'Enneris.

— Parbleu ! ricana celui-ci, assez content de la déconvenue de Béchoux. Tu as fait exactement le contraire de ce qu'il fallait faire.

— Qu'est-ce qu'il fallait faire ?

— Entrer chez M. Lecourceux, dès le début, et t'occuper toi-même de l'arrestation de la Martin. Au lieu de cela, tu m'embêtes avec Arlette, tu réponds à mes questions, tu tergiverses et, en fin de compte, te voilà responsable de ce qui s'est passé là-haut.

— Que se passe-t-il ?

— Allons-y voir. Mais, vrai ! tu as une façon de manœuvrer ! »

Béchoux grimpa jusqu'à l'entresol du conseiller municipal. Il y trouva le désordre et le tumulte. Les deux inspecteurs chargés de la surveillance appelaient et s'agitaient comme des fous. La concierge de l'immeuble était montée et criait. Des locataires survenaient.

Au milieu de son bureau, allongé sur un canapé, M. Lecourceux agonisait, le front troué et la figure baignée de sang. Il mourut sans avoir pu parler.

En quelques mots, les inspecteurs mirent Béchoux au courant. Ils avaient entendu la nommée Martin renouveler ses propositions relativement à certain rapport et compter les billets de banque, et ils s'apprêtaient à faire irruption dans le bureau lorsque

M. Lecourceux, trop pressé, eut le tort d'appeler. Devinant aussitôt le péril, la femme avait dû pousser le verrou, car ils se heurtèrent à une porte close.

Ils voulurent alors lui couper la retraite en passant dans le vestibule. Mais la seconde porte résista également, bien qu'elle ne pût être, de l'extérieur, fermée ni à clef ni au verrou. Ils poussaient de toutes leurs forces. À cet instant, un coup de feu retentit.

« La femme Martin était déjà dehors cependant, objecta Béchoux.

— Aussi n'est-ce pas elle qui a tué, répliqua l'un des inspecteurs.

— Qui, en ce cas ?

— Ça ne peut être qu'un vieux homme mal fichu, que nous avions vu assis sur la banquette du vestibule. Il avait demandé audience, et M. Lecourceux ne devait le recevoir qu'après la visite de la femme.

— Un complice, sans aucun doute, dit Béchoux. Mais comment avait-il fermé la seconde porte ?

— Par un morceau de fer à crampon, glissé sous le battant. Impossible de pousser à fond.

— Et qu'est-il devenu, lui ? Personne ne l'a rencontré ?

— Si, moi, dit la concierge. Entendant la détonation, j'ai sauté de ma loge. Un vieux qui descendait me jeta tranquillement : « On se bat là-haut. Montez donc. » Probablement que c'était lui qui avait fait le coup. Mais comment le soupçonner ? Un bonhomme cassé... qui ne tient pas debout... et qui boite.

— Qui boite ? s'écria Béchoux. Vous êtes sûre ?

— Sûre et certaine, et qui boite très bas encore. » Béchoux marmotta :

« C'est le complice de Laurence Martin. La voyant en danger, il a supprimé M. Lecourceux. »

D'Enneris avait écouté, tout en examinant du coin de l'œil les chemises des dossiers amoncelés sur le bureau. Il demanda :

« Tu ne sais pas de quel rapport il s'agit et ce que Laurence Martin désirait obtenir ?

— Non. M. Lecourceux ne l'avait pas encore précisé. Mais il s'agissait d'obtenir qu'un des rapports

97

dont était chargé le conseiller municipal fût modifié dans un certain sens. »

D'Enneris lisait les titres : Rapport sur les abattoirs... Rapport sur les halles de quartier... Rapport sur le prolongement de la rue Vieille-du-Marais... Rapport...

« À quoi donc penses-tu ? lui dit Béchoux, qui allait et venait, fort ennuyé de l'événement. C'est une sale affaire, hein ?

— Quelle affaire ?

— Mais cet assassinat...

— Je t'ai déjà dit que je me contrefichais de toute ton histoire ! Qu'est-ce que tu veux que ça me fasse que cet habitué du pot-de-vin ait été tué et que tu aies manœuvré comme une citrouille ?

— Cependant, observa Béchoux, si Laurence Martin est une meurtrière, Fagerault que tu prétends être son complice... »

D'Enneris scanda entre ses dents, et d'un air furieux :

« Fagerault est un assassin également... Fagerault est un bandit... Je plains Fagerault si jamais il me tombe entre les griffes, et il y tombera, aussi vrai que je m'appelle, de mon vrai nom... »

Il s'interrompit net, mit son chapeau et partit vivement.

Une auto le conduisit rue Verdrel, chez Arlette. Il était trois heures moins dix.

« Ah ! monsieur d'Enneris, s'écria Mme Mazolle. Comme il y a longtemps qu'on ne vous a vu ! Arlette va être désolée.

— Elle n'est pas là ?

— Non. Elle se promène tous les jours, vers ces heures-là. C'est même drôle que vous ne l'ayez pas rencontrée. »

VIII

LES MARTIN, INCENDIAIRES

Arlette et sa mère se ressemblaient beaucoup. Mais si abîmé par l'âge et par les soucis que fût le visage de Mme Mazolle, ce qui lui restait de fraîcheur et d'expression donnait à croire qu'elle avait été plus régulièrement belle que sa fille. Pour élever ses trois enfants, et pour oublier le chagrin que lui avait causé la conduite des deux aînées, elle avait travaillé avec acharnement, et elle travaillait encore à la réparation des dentelles anciennes, ouvrage où elle excellait au point d'y avoir gagné une petite aisance.

D'Enneris pénétra dans le petit appartement, luisant et bien propre, et dit :

« Vous ne pensez pas qu'elle soit bientôt de retour ?

— Je ne sais trop. Arlette, depuis son histoire, ne raconte guère ce qu'elle fait. Elle a toujours peur que je me tracasse, et tout le bruit qu'on a fait autour d'elle la désole. Cependant, elle m'a dit qu'elle allait voir un mannequin qui est malade, une jeune fille qui s'est recommandée à elle par lettre, ce matin. Vous savez combien Arlette est bonne, et ce qu'elle s'occupe de ses camarades !

— Et cette jeune fille demeure loin ?

— J'ignore son adresse.

— Dommage ! J'aurais été si content de causer avec Arlette !

— Mais c'est facile. Elle a dû jeter cette lettre dans la corbeille, avec ses vieux papiers, et justement je ne les ai pas encore brûlés... Tenez... ce doit être ça. Oui. Je me rappelle. Cécile Helluin... à Levallois-Perret, 14, boulevard de Courcy. Arlette y sera vers quatre heures.

— Sans doute va-t-elle y rejoindre M. Fagerault ?

— Quelle idée ! Arlette n'aime pas sortir avec un monsieur. Et puis M. Fagerault vient souvent ici.

— Ah ! il vient souvent ? fit d'Enneris d'une voix crispée.

— Presque tous les soirs. Ils causent de toutes ces affaires qui intéressent tant Arlette, vous savez... la Caisse dotale. M. Fagerault lui offre de gros capitaux. Alors ils alignent des chiffres... ils établissent des plans.

— Il est donc riche, M. Fagerault ?

— Très riche. »

Mme Mazolle parlait fort naturellement. Il était clair que sa fille, désireuse de lui épargner toute émotion, ne la tenait pas au courant de l'affaire Mélamare. Il reprit donc :

« Riche et sympathique.

— Très sympathique, affirma Mme Mazolle. Il est plein d'attentions pour nous.

— Un mariage..., dit Jean, en grimaçant un sourire.

— Oh ! monsieur d'Enneris, ne vous moquez pas. Arlette ne saurait prétendre...

— Qui sait !

— Non, non. D'abord Arlette n'est pas toujours aimable avec lui. Elle a beaucoup changé, ma petite Arlette, à la suite de tous ces événements. Elle est devenue plus nerveuse, un peu fantasque. Vous saviez qu'elle est fâchée avec Régine Aubry ?

— Est-ce possible ? s'écria d'Enneris.

— Oui, et sans raisons, ou du moins pour des raisons qu'elle ne m'a pas dites. »

Cette fâcherie surprenait d'Enneris. Que se passait-il donc ?

Ils échangèrent encore quelques mots. Mais d'Enneris avait hâte d'agir, et, comme il était trop tôt pour retrouver Arlette à son rendez-vous, il se fit conduire chez Régine Aubry, qu'il rencontra au moment où elle sortait de chez elle, et qui lui répondit vivement :

« Si je suis fâchée avec Arlette ? ma foi, non. Mais elle l'est peut-être.

— Enfin, qu'est-ce qu'il y a eu ?

— Un soir, j'ai été l'embrasser. Il y avait là Antoine Fagerault, l'ami des Mélamare. On a bavardé. Deux ou trois fois, Arlette s'est montrée pas gentille avec moi. Alors je suis partie, sans comprendre.

— Pas autre chose ?

— Rien. Seulement, d'Enneris, si vous tenez tant soit peu à Arlette, méfiez-vous de Fagerault. Il a l'air bien empressé, et Arlette pas indifférente du tout. Adieu, Jean. »

Ainsi, de quelque côté que d'Enneris se retournât, c'était pour en apprendre davantage sur les relations qui unissaient Arlette et Fagerault. Le réveil était brusque. Il s'apercevait tout à coup qu'Antoine Fagerault avait circonvenu la jeune fille, et il s'apercevait en même temps qu'Arlette avait pris dans sa pensée, à lui d'Enneris, une place considérable.

Mais alors si Fagerault, à n'en point douter, poursuivait et aimait Arlette, est-ce que celle-ci aimait Fagerault ? Question douloureuse. Qu'elle pût seulement se poser paraissait à d'Enneris la pire des injures pour Arlette et, pour lui, une humiliation intolérable.

Et cette question surgissait dans l'effervescence d'un sentiment dont son orgueil blessé faisait du premier coup le principe même de sa vie.

« Quatre heures moins le quart, se dit-il, en abandonnant son auto à quelque distance de l'endroit indiqué. Viendra-t-elle seule ? Fagerault l'accompagnera-t-il ? »

Le boulevard de Courcy fut tracé récemment, à Levallois-Perret, en dehors de l'agglomération ouvrière, et parmi des terrains vagues qui avoisinent la Seine et où subsistent plusieurs petites usines et installations particulières. Entre deux longs murs de briques s'ouvre une allée étroite et boueuse, à l'extrémité de laquelle on aperçoit le numéro 14 inscrit au goudron sur une barrière à moitié démolie.

Quelques mètres de couloir en plein air, remplis de vieux pneumatiques et de châssis d'automobiles hors d'usage, enveloppent une sorte de garage en bois marron, avec un escalier extérieur qui monte vers des mansardes que percent les deux seules fenêtres de cette façade. Sous l'escalier, une porte avec ce mot : « Frappez. »

D'Enneris ne frappa point. À la vérité, il hésitait.

L'idée d'attendre Arlette dehors semblait plus logique. Mais, en outre, une impression mal définie, qui s'insinuait en lui, le retenait. L'endroit lui paraissait si bizarre, et il était si étrange qu'une jeune fille malade pût habiter l'une de ces mansardes, au-dessus de ce garage isolé, qu'il eut soudain le pressentiment de quelque piège tendu à Arlette et qu'il évoqua la bande sinistre qui évoluait autour de cette affaire et qui multipliait ses attaques avec une hâte inconcevable. Dès le début de l'après-midi, tentative de corruption et assassinat du conseiller municipal. Deux heures plus tard, machination contre Arlette qu'on attire dans un guet-apens. Comme agents d'exécution, Laurence Martin, la mère Trianon et le vieux qui boitait. Comme chef, Antoine Fagerault.

Tout cela se présentait à lui d'une façon si rigoureuse que ses doutes furent aussitôt emportés, et, ne songeant pas que les complices pussent être déjà là, puisque aucun bruit ne venait de l'intérieur, il conclut que le plus simple était d'entrer et de se mettre lui-même à l'affût.

Il essaya très doucement d'ouvrir. La porte était fermée à clef, ce qui le confirma dans sa certitude qu'il n'y avait personne.

Hardiment, sans même envisager les risques d'une bataille possible, il crocheta la serrure, dont le mécanisme était peu compliqué, pesa contre le battant et glissa la tête. Personne en effet. Des outils. Des pièces détachées. Quelques douzaines de bidons d'essence rangés les uns sur les autres. Somme toute un atelier de réparation qui semblait abandonné et transformé en dépôt d'essence.

Il poussa davantage. Ses épaules passèrent. Il poussa encore. Et subitement il eut la sensation qu'un choc formidable l'atteignait en pleine poitrine. C'était un bras de métal, fixé à la cloison, actionné par un ressort, et qui, lorsque le battant prenait une certaine position d'ouverture, se déclenchait avec une violence inouïe.

Durant quelques secondes, d'Enneris demeura suffoqué et chancela, perdant ainsi tous ses moyens de résistance. Cela suffisait aux adversaires qui le guettaient, postés derrière les piles de bidons. Et, bien que ce ne fussent que deux femmes et un vieillard, ils eurent tout loisir de lui lier les bras et les jambes, de le bâillonner, de l'asseoir contre un établi de fer et de l'y attacher solidement.

D'Enneris ne s'était pas trompé dans ses suppositions : un guet-apens était préparé contre Arlette, et c'est lui, le premier, qui s'y jetait étourdiment. Il reconnut la mère Trianon et Laurence Martin. Quant au vieillard, il ne boitait pas, mais il ne fallait guère d'attention pour constater que sa jambe droite fléchissait un peu, et qu'il devait, à l'occasion, accentuer ce fléchissement pour laisser croire qu'il boitait de façon constante. C'était l'assassin du conseiller municipal.

Les trois complices ne manifestèrent aucune excitation. On les devinait accoutumés aux pires besognes, et le fait d'avoir paré l'offensive imprévue de d'Enneris devait être pour eux un incident tout naturel auquel ils n'attribuaient pas une importance de victoire.

La mère Trianon se pencha sur lui et revint auprès de Laurence Martin. Elles eurent une conversation dont d'Enneris ne surprit que quelques bribes.

« Tu crois vraiment que c'est ce type-là ?

— Oui, c'est bien le type qui m'a relancée dans ma boutique.

— Jean d'Enneris, alors, murmura Laurence Martin, un type dangereux pour nous. Probable qu'il était avec Béchoux sur le trottoir de la rue La Fayette. Heureusement qu'on veillait et que j'ai entendu l'approche de ses pas ! Pour sûr qu'il avait rendez-vous avec la petite Mazolle !

— Que veux-tu en faire ? souffla la revendeuse, certaine que d'Enneris ne pouvait surprendre ses paroles.

— Ça ne se discute pas, dit Laurence, sourdement.

— Hein ?

— Dame ! tant pis pour lui. »

Les deux femmes se regardèrent. Laurence montrait un visage intraitable, d'une énergie sombre. Elle ajouta :

« Aussi, pourquoi se mêle-t-il de nos affaires celui-là ? Dans ta boutique d'abord... et puis rue La Fayette... et puis ici... Vrai, il en sait trop sur nous et nous livrerait. Demande à papa. »

Il n'était pas nécessaire de demander son avis à celui que Laurence Martin appelait papa. Les solutions les plus redoutables devaient trouver auprès de ce très vieil homme au masque sévère, aux yeux éteints, à la peau desséchée par l'âge, un partisan farouche. À le voir agir d'ailleurs et commencer des préparatifs encore inexplicables, d'Enneris jugea que « papa » l'avait tout de suite condamné à mort, et qu'il le tuerait froidement comme il avait tué M. Lecourceux.

Moins expéditive, la revendeuse parlementa, très bas. Laurence s'impatienta et, brutalement :

« Assez de bêtises ! Toi, tu es toujours pour les demi-mesures. Il faut ce qu'il faut. Lui ou nous.

— On pourrait le tenir enfermé.

— Tu es folle. Un type comme ça !

— Alors ?... Comment ?...

— Comme la petite, parbleu... »

Laurence prêta l'oreille, puis regarda dehors par un trou qui perçait la cloison de bois.

« La voici... Au bout de l'allée... Et maintenant, chacun son rôle, hein ? »

Tous les trois se turent. D'Enneris les voyait de face et leur trouvait un air de ressemblance très marqué, qui se révélait surtout par la même expression résolue. C'étaient évidemment, dans les mauvais coups et dans le crime, des actifs, des êtres accoutumés à l'initiative et à l'exécution. D'Enneris ne doutait point que les deux femmes fussent sœurs et que le vieux fût leur père. Celui-là surtout effrayait le captif. Il ne donnait point l'impression de la vie réelle, mais plutôt d'une vie automatique, fabriquée, et se révélant par gestes commandés d'avance. La tête présentait des angles brusques, des méplats rigides. Pas de méchanceté ni de cruauté. On eût dit un bloc de pierre taillé en ébauche.

Cependant on frappa, comme l'ordonnait l'inscription.

Laurence Martin, qui épiait contre la porte, ouvrit et, laissant la visiteuse dehors, prit une intonation heureuse et reconnaissante.

« Mademoiselle Mazolle, n'est-ce pas ? Comme c'est gentil à vous de vous déranger ! Ma fille est là-haut, bien malade. Vous allez montrer... et ce qu'elle va être contente de vous voir ! Vous avez été dans la même maison de couture, il y a deux ans, chez Lucienne Oudart. Vous ne vous rappelez pas ? Ah ! elle ne vous a pas oubliée, elle ! »

La voix d'Arlette répondit des mots que l'on ne perçut point. Elle était claire et fraîche, et ne trahissait pas la moindre appréhension.

Laurence Martin sortit pour la conduire en haut. La revendeuse cria, de l'intérieur :

« Je t'accompagne ?

— Pas la peine », dit Laurence, d'un ton qui signifiait : « Je n'ai besoin de personne... je suis assez forte pour cela. »

On entendit les marches craquer sous les pas. Chacune d'elles rapprochait Arlette du danger, de la mort.

D'Enneris pourtant n'éprouvait pas encore de craintes trop vives. Le fait qu'on ne l'avait pas tué, lui, du premier coup, indiquait que l'exécution du plan criminel exigeait certains délais, et tout répit laisse un peu d'espoir.

Il y eut des piétinements au-dessus du plafond, puis, soudain, un cri déchirant... que suivirent d'autres cris, de plus en plus faibles. Puis le silence. La lutte n'avait pas été longue. D'Enneris pensa qu'Arlette était, comme lui, ligotée et bâillonnée. « Pauvre gosse ! » se dit-il.

Après un moment, les marches craquèrent de nouveau et Laurence Martin entra.

« C'est fait, annonça-t-elle. Et facilement. Elle a tourné de l'œil presque aussitôt.

— Tant mieux, dit la revendeuse. Tant mieux si elle ne se réveille pas tout de suite. Elle ne s'apercevra de la chose qu'au dernier moment. »

D'Enneris frissonna. Aucune phrase ne pouvait annoncer d'une façon plus formelle le dénouement voulu par les complices et les souffrances probables. Et son pressentiment était si juste qu'il en eut la confirmation immédiate par un accès de révolte qui secoua subitement la marchande à la toilette.

« Car, enfin, quoi ? rien n'oblige à ce qu'elle souffre, cette petite ! Pourquoi ne pas en finir avec elle ? N'est-ce pas ton avis, papa ? »

Tranquillement, Laurence présenta un bout de corde.

« Facile. Tu n'as qu'à lui passer ça autour du cou... à moins que tu n'aimes mieux une incision à la gorge, proposa-t-elle, en lui offrant une menu poignard. Moi, je ne m'en charge pas. Ce ne sont pas des choses qu'on fait de sang-froid. »

La mère Trianon ne broncha plus, et, jusqu'à la minute même de leur départ, ils ne prononcèrent pas un seul mot. Mais, sans tarder, et puisque, là-haut, Arlette était réduite à l'impuissance, « papa », comme elles disaient l'une et l'autre, continuait sa besogne, manœuvrant de telle manière que l'effroyable menace prenait corps, et que la réalité s'imposait à d'Enneris, inexorable et monstrueuse.

Tout autour de l'atelier, le vieux avait placé sur deux rangs des bidons d'essence, tous pleins, comme on pouvait s'en rendre compte à la vue de son effort. Il en déboucha plusieurs, et il aspergea d'essence les cloisons et le parquet, sauf, sur une longueur de trois mètres, les lames qui aboutissaient à la porte. Ainsi réserva-t-il un passage conduisant au milieu de l'atelier, en un endroit où il empila d'autres bidons les uns par-dessus les autres.

Dans un de ces bidons, il trempa la longue corde que tenait Laurence Martin et qu'elle lui tendit. À eux deux, ils la déposèrent le long du passage. Le vieillard émécha l'autre extrémité, tira de sa poche une boîte d'allumettes et mit le feu à la mèche. Quand ce fut bien pris, il se releva.

Tout cela était accompli méthodiquement, par un homme qui, au cours de sa longue carrière, avait dû perpétrer beaucoup de besognes du même genre, et qui prenait plaisir non pas tant à l'acte lui-même qu'à la perfection qu'il mettait à l'accomplir. C'était en quelque sorte « fignolé ». Rien n'était laissé à l'imprévu, et il ne restait plus aux trois complices qu'à s'en aller paisiblement.

C'est ce qu'ils firent, après avoir, derrière eux, tourné la clef dans la serrure. Ils avaient remonté le mécanisme. Inévitablement, l'œuvre diabolique s'accomplirait. La baraque flamberait comme un copeau de bois sec, et Arlette disparaîtrait sans qu'il soit jamais possible d'identifier les quelques vestiges calcinés qu'on retrouverait parmi les cendres. Pourrait-on même soupçonner qu'il y avait eu incendie volontaire ?

La mèche brûlait. D'Enneris estima que la catastrophe se produirait entre la douzième et la quinzième minute.

Lui, dès la première seconde, il avait commencé le travail pénible de sa libération, se contractait, s'amincissait, gonflait ses muscles. Mais les nœuds étaient confectionnés de telle façon que tout effort les resserrait davantage et enfonçait les liens dans la chair. Malgré son extraordinaire habileté, malgré tous les exercices de ce genre qu'il avait accomplis en prévision de pareilles circonstances, il ne comptait pas aboutir à temps. Sauf un miracle impossible, l'explosion aurait lieu.

Il était au supplice. Désespéré d'être pris stupidement au piège et de ne pouvoir rien faire, désespéré de savoir la malheureuse Arlette au bord de l'abîme, il enrageait aussi de ne rien comprendre à l'horrible aventure. La liaison entre Antoine Fagerault et les trois complices comptait, pour tant de raisons formelles, au nombre de ces vérités qu'on n'a pas le droit de discuter. Mais pourquoi Fagerault, chef de la bande, et dont le vieillard ne pouvait être que l'agent d'exécution, pourquoi Fagerault avait-il ordonné cet abominable assassinat ? Ses plans, qui semblaient jusqu'ici établis sur la conquête amoureuse de la jeune fille, étaient-ils changés au point de comporter sa mort ?

La mèche brûlait. Le petit serpent de feu cheminait vers le but, selon la ligne impitoyable dont rien ne le ferait dévier. Là-haut, Arlette, évanouie, impuissante en tout cas, était condamnée. Elle ne se réveillerait qu'aux premières flammes.

« Encore sept minutes, encore six minutes... », pensait d'Enneris avec épouvante.

À peine s'il avait réussi à relâcher un peu ses liens. Cependant son bâillon tomba. Il aurait pu crier. Il aurait pu appeler Arlette et lui dire toute la douceur des sentiments qui le portaient vers elle, tout ce qu'il y avait de frais et de spontané dans cet amour qu'il ignorait et dont il n'avait la conscience profonde qu'à l'instant où tout s'effondrait autour de lui. Mais à quoi bon des paroles ? À quoi bon, si elle dormait, lui apprendre l'affreuse menace et la réalité toute proche ?

Et puis non, il ne voulait pas perdre confiance. Des miracles se produisent quand il le faut. Que de fois déjà, traqué de toutes parts, inerte, condamné sans rémission, avait-il été secouru par quelque hasard prodigieux ! Or trois minutes restaient. Peut-être les mesures prises par le vieillard se révéleraient-elles insuffisantes ? Peut-être la mèche s'éteindrait-elle en montant le long de ce bidon de métal auquel déjà elle touchait.

De toutes ses forces, il se raidit contre les nœuds qui le torturaient. Après tout, elle était là, sa ressource dernière, dans la vigueur surhumaine de ses bras et de son thorax. Les cordes n'allaient-elles pas éclater ? Le miracle ne viendrait-il pas de lui-même, d'Enneris ? Il vint d'un autre côté, et d'un autre côté que Jean ne pouvait certes pas prévoir. Des pas précipités retentirent soudain dans l'allée, et une voix proféra :

« Arlette ! Arlette ! »

L'intonation était celle de quelqu'un qui arrive au secours, et qui donne du courage en annonçant la délivrance immédiate. La porte fut ébranlée. Comme on ne pouvait pas l'ouvrir, on la frappa à coups de pied, à coups de poing. Une planche s'abattit, laissant un orifice par où passer la main à hauteur de la serrure.

D'Enneris, voyant un bras qui s'agitait, cria :
« Inutile ! Poussez ! La serrure ne tient pas ! Hâtez-vous ! »

De fait, la serrure sauta. La porte fut à moitié démolie. Quelqu'un fit irruption dans l'atelier. C'était Antoine Fagerault.

D'un coup d'œil, il vit le péril et bondit sur le bidon qu'il écarta du pied au moment où la partie enflammée attaquait le bord supérieur. Il écrasa la flamme sous son talon, puis, par prudence, dispersa les autres bidons qui formaient le tas central.

Jean d'Enneris avait redoublé d'efforts pour se libérer. Il ne voulait pas devoir le fait matériel de sa libération à Fagerault, et que cet homme se penchât et fît le geste de couper ses liens. Tout de même, lorsque Fagerault vint vers lui et murmura : « Ah ! c'est vous ? » Jean, débarrassé de ses entraves, ne put s'empêcher de dire :

« Je vous remercie. Quelques secondes de plus et ça y était.

— Arlette ? demanda l'autre.
— En haut !
— Vivante ?
— Oui. »

Ils s'élancèrent tous deux et grimpèrent les marches extérieures.

« Arlette ! Arlette ! me voici, cria Fagerault. Il n'y a rien à craindre. »

La porte ne résista pas plus que celle du hangar, et ils entrèrent dans une mansarde exiguë où la jeune fille était attachée sur un lit de sangle et bâillonnée.

Ils la délièrent vivement. Elle les regarda tous deux d'un air égaré, et Fagerault expliqua :

« Nous avons été avertis l'un et l'autre, chacun de

notre côté, et nous nous sommes retrouvés ici... trop tard pour les prendre au collet, les misérables. Ils ne vous ont pas fait de mal ? Vous n'avez pas eu trop peur ? »

Il passait ainsi sous silence l'affreuse tentative de meurtre et l'œuvre de salut qu'il avait accomplie.

Arlette ne répondit pas. Elle ferma les yeux. Ses mains frissonnèrent.

Après un instant, ils l'entendirent murmurer :

« Si, j'ai eu peur... Une fois encore cette attaque... Qui donc m'en veut ainsi ?...

— On vous a attirée dans ce garage ?

— Une femme... je n'ai vu qu'une femme. Elle m'a fait monter dans cette pièce, et elle m'a renversée... »

Et elle dit, trahissant l'effroi qui, malgré la présence des deux hommes, la torturait encore :

« La même femme que la première fois... oh ! cela, j'en suis sûre, la même femme... j'ai reconnu sa façon d'agir, son étreinte, sa voix... c'était la femme de l'auto... la femme... la femme... »

Elle se tut, subitement épuisée, et désireuse de repos. Les deux hommes la laissèrent un instant, et, sur l'étroit palier qui surmontait les marches devant la mansarde, ils se trouvèrent dressés l'un contre l'autre.

Jamais Jean n'avait autant exécré son rival. L'idée que Fagerault les avait sauvés tous deux, Arlette et lui, l'exaspérait. Il ressentait la plus violente humiliation. Antoine Fagerault était le maître des événements qui, tous, tournaient en sa faveur.

« Elle est plus calme que je ne l'aurais pensé, dit Fagerault à voix basse. Elle n'a pas eu conscience du danger couru, et il faut qu'elle l'ignore. »

Il parlait comme s'il eût été déjà en relations directes avec d'Enneris, et comme s'il admettait que chacun d'eux sût tout ce que l'autre savait. Aucune affectation de supériorité, qui eût pu rappeler le service rendu. Il gardait son air de sérénité habituelle et un visage à demi souriant et sympathique. Rien ne marquait, du moins chez lui, qu'il y eût lutte entre eux et rivalité.

Mais Jean, qui contenait mal sa colère, entama tout de suite le duel, comme il l'eût fait avec un adversaire déclaré, et, lui pesant fortement sur l'épaule :

« Causons, voulez-vous ? puisque nous en avons l'occasion.

— Oui, mais tout bas. Le bruit d'une querelle lui serait funeste, et on croirait vraiment, ce qui m'étonne, que c'est une querelle que vous cherchez.

— Non, pas de querelle, déclara d'Enneris dont l'attitude agressive contredisait les paroles. Ce que je cherche, ce que je veux, c'est une mise au point.

— À propos de quoi ?

— À propos de votre conduite.

— Ma conduite est claire. Je n'ai rien à cacher, et, si je consens à répondre à vos questions, c'est que mon affection pour Arlette me rappelle votre amitié pour elle. Interrogez-moi.

— Oui. D'abord que faisiez-vous dans la boutique du « Trianon » quand je vous y ai rencontré ?

— Vous le savez.

— Je le sais ? Comment ?

— Par moi.

— Par vous ? C'est la première fois que je vous parle.

— Ce n'est pas la première fois que vous m'écoutez parler.

— Et où donc ?

— À l'hôtel Mélamare, le soir du jour où vous m'avez poursuivi avec Béchoux. Durant les confidences de Gilberte de Mélamare, et durant mes explications, vous étiez tous deux à l'affût derrière la tapisserie. Celle-ci a bougé quand vous êtes entrés dans la pièce voisine. »

D'Enneris fut un peu interloqué. Rien ne lui échappait donc, à cet individu ? Il continua d'un ton plus âpre :

« Ainsi vous prétendez que votre objectif est le même que le mien ?

— Les faits le prouvent. Je m'efforce, comme vous, de découvrir les gens qui ont volé les diamants, les gens qui persécutent mes amis Mélamare et qui s'acharnent après Arlette Mazolle.

— Et parmi eux se trouve cette marchande à la toilette ?

— Oui.

— Mais pourquoi, entre elle et vous, ce coup d'œil d'intelligence qui l'a mise en garde contre moi ?

— C'est vous qui interprétez ce coup d'œil comme un avertissement. En fait je l'observais.

— Peut-être. Mais elle a fermé sa boutique et elle a disparu.

— Parce qu'elle s'est défiée de nous tous.

— Et, selon vous, c'est une complice ?

— Oui.

— À ce titre, elle n'est pas étrangère au meurtre du conseiller municipal Lecourceux ? »

Antoine Fagerault sursauta. On eût dit vraiment qu'il ignorait ce meurtre.

« Hein ! M. Lecourceux a été tué ?

— Il y a trois heures au plus.

— Trois heures ? M. Lecourceux est mort ? Mais c'est effrayant !

— Vous le connaissiez très bien, n'est-ce pas ?

— De nom seulement. Mais je savais que nos ennemis devaient aller le voir, qu'ils voulaient acheter ses services, et je n'étais pas rassuré sur leurs intentions.

— Vous êtes certain que ce sont eux qui ont agi en l'occurrence ?

— Certain.

— Ils ont donc de l'argent, pour offrir ainsi cinquante billets de mille ?

— Parbleu ! avec la vente d'un seul diamant !

— Leurs noms ?

— Je les ignore.

— Je vais vous renseigner, du moins en partie, fit d'Enneris en l'observant. Il y a la sœur de la revendeuse, une dame Laurence Martin, qui avait loué la boutique... Il y a un homme très vieux, qui boite.

— C'est cela ! c'est cela ! dit vivement Antoine

Fagerault. Et ce sont ces trois-là que vous avez retrouvés ici, n'est-ce pas, et qui vous ont attaché ?
— Oui. »
Fagerault s'était assombri. Il murmura :
« Quelle fatalité ! J'ai été prévenu trop tard... sans quoi je les empoignais.
— La justice s'en chargera. Le brigadier Béchoux les connaît maintenant tous les trois. Ils ne peuvent lui échapper.
— Tant mieux ! dit Fagerault, ce sont trois bandits redoutables, et, si on ne les coffre pas, un jour ou l'autre, ils réussiront à supprimer Arlette. »
Tout ce qu'il disait semblait l'expression profonde de la vérité. Il n'hésitait jamais à répondre, et il n'y avait jamais la moindre contradiction entre les événements et la manière, si naturelle, dont il les expliquait.
« Quel fourbe ! » pensait d'Enneris, qui s'obstinait à l'accuser, et qui cependant était troublé par tant de logique et de franchise.
Au fond de lui, il avait supposé que toute la nouvelle aventure d'Arlette était combinée entre Antoine Fagerault et ses trois complices, afin que Fagerault apparût comme un sauveur aux yeux d'Arlette. Mais, en ce cas, pourquoi cette mise en scène ? Pourquoi la jeune fille n'en avait-elle pas été le témoin effaré ? Et pourquoi même, vis-à-vis d'elle, Fagerault avait-il la délicatesse de ne pas se targuer de son intervention ?
À brûle-pourpoint, il dit à Fagerault :
« Vous l'aimez ?
— Infiniment, répondit l'autre avec ferveur.
— Et Arlette, elle vous aime ?
— Je le crois.
— Qu'est-ce qui vous le fait croire ? »
Fagerault sourit doucement, sans fatuité, et répondit :
« Parce qu'elle m'a donné la meilleure preuve de son amour.
— Laquelle ?
— Nous sommes fiancés.

— Hein ? Vous êtes fiancés ? »

Il fallut à d'Enneris un effort prodigieux de volonté pour prononcer ces mots avec un calme apparent. La blessure fut profonde. Ses poings se crispèrent.

« Oui, affirma Fagerault, depuis hier soir.

— Mme Mazolle, que j'ai vue tout à l'heure, ne m'en a pas parlé.

— Elle ne le sait pas. Arlette ne veut pas encore le lui dire.

— C'est une nouvelle pourtant qui lui sera agréable.

— Oui, mais Arlette désire l'y préparer peu à peu.

— De sorte que tout s'est passé en dehors d'elle ?

— Oui. »

D'Enneris se mit à rire nerveusement.

« Et Mme Mazolle qui croyait sa fille incapable de donner un rendez-vous à un homme ! Quelle désillusion ! »

Antoine Fagerault prononça avec gravité :

« Nos rendez-vous ont lieu dans un endroit et devant des personnes qui donneraient toute satisfaction à Mme Mazolle si elle les connaissait.

— Ah ! Et qui donc ?

— À l'hôtel de Mélamare, et en présence de Gilberte et de son frère. »

D'Enneris n'en revenait pas. Le comte de Mélamare protégeait les amours du sieur Fagerault avec Arlette, Arlette fille naturelle, mannequin, et sœur de deux mannequins qui avaient mal tourné ! En vertu de quoi cette indulgence incroyable ?

« Ils sont donc au courant ? dit Jean.

— Oui.

— Et ils approuvent ?

— Entièrement.

— Toutes mes félicitations. De tels appuis sont en votre faveur. Du reste le comte vous doit beaucoup, et vous avez été longtemps l'ami de la maison.

— Il y a une autre raison, dit Fagerault, qui a renoué notre intimité.

— Puis-je savoir ?

— Certes. M. et Mme de Mélamare, comme vous

le comprenez, ont gardé du drame où ils ont failli sombrer l'un et l'autre un souvenir d'horreur. La malédiction qui pèse sur leur famille depuis un siècle, et qui semble s'exercer sur elle parce qu'elle habite cet hôtel, les a conduits à une décision irrévocable.

— Laquelle ? ils ne veulent plus y demeurer ?
— Ils ne veulent même plus conserver l'hôtel Mélamare. C'est lui qui attire sur eux le malheur. Ils le vendent.
— Est-ce possible ?
— C'est à peu près fait.
— Ils ont trouvé un acquéreur ?
— Oui.
— Qui donc ?
— Moi.
— Vous ?
— Oui. Arlette et moi, nous avons l'intention d'y habiter. »

IX

LES FIANÇAILLES D'ARLETTE

Il était dit qu'Antoine Fagerault serait pour Jean l'occasion de constantes surprises. Ses relations avec Arlette, leur mariage inattendu, la sympathie que leur témoignaient les Mélamare, l'inconcevable achat de l'hôtel, autant de coups de théâtre, annoncés d'ailleurs comme des événements les plus normaux de la vie quotidienne.

Ainsi, durant les jours où d'Enneris s'était volontairement tenu à l'écart pour juger plus sainement une situation dont il ne devinait point d'ailleurs la gravité, l'adversaire avait profité magnifiquement des délais accordés, et avancé fort loin sa ligne de bataille. Mais était-ce vraiment un adversaire, et leur rivalité amoureuse, à tous deux, impliquait-elle réellement la perspective d'une bataille ? D'Enneris était contraint de s'avouer qu'il ne possédait aucune preuve certaine, et qu'il se guidait d'après sa seule intuition.

« À quand la signature du contrat de vente ? dit-il en plaisantant. À quand le mariage ?

— Dans trois ou quatre semaines. »

D'Enneris eût eu de la joie à le saisir à la gorge, cet intrus qui s'installait dans la vie selon son bon plaisir, et contrairement à ses volontés à lui, d'Enneris. Mais il aperçut Arlette qui s'était levée, et qui apparaissait, pâle encore et toute fiévreuse, vaillante cependant.

« Allons-nous-en, dit-elle. Je ne veux pas rester plus longtemps. Et je ne veux pas non plus savoir ce qui s'est passé, et non plus que maman le sache. Plus tard, vous me raconterez cela.

— Plus tard, oui, fit d'Enneris. Mais en attendant, il faut que nous vous défendions mieux que nous ne l'avons fait contre les attaques. Et pour cela, il n'est qu'un moyen, c'est de nous concerter tous deux. M. Fagerault et moi. Le voulez-vous, monsieur ? Si nous nous entendons, Arlette est hors de danger.

— Certes, s'écria Fagerault, et soyez sûr que, pour ma part, je ne suis pas bien loin de la vérité.

— À nous deux, nous la découvrirons tout entière. Je vous dirai ce que je sais, et vous ne me cacherez rien de ce que vous savez.

— Rien. »

D'Enneris lui tendit la main, d'un geste spontané, auquel l'autre riposta par un geste non moins chaleureux.

« Je vous ai mal jugé, monsieur, fit d'Enneris. L'homme qu'a choisi Arlette ne peut être indigne d'elle. »

L'alliance fut conclue. Jamais d'Enneris n'avait donné une poignée de main où il y eût plus de haine inassouvie et un tel désir de vengeance, et jamais cependant adversaire n'avait accueilli ses avances avec plus de cordialité et de franchise.

Ils redescendirent tous trois devant le garage. Arlette, trop fatiguée pour marcher, pria Fagerault de chercher une voiture. Et, tout de suite, profitant de ce qu'elle était seule avec Jean d'Enneris, elle lui dit :

« J'ai des remords envers vous, mon ami. J'ai fait beaucoup de choses sans vous en prévenir, et des choses qui ont dû vous être désagréables.

— Pourquoi désagréables, Arlette ? Vous avez contribué à sauver M. de Mélamare et sa sœur... n'était-ce pas mon intention également ? D'autre part, Antoine Fagerault vous a fait la cour, et vous avez accepté de vous fiancer à lui. C'est votre droit. »

Elle se tut. La nuit tombait, et d'Enneris voyait à peine son joli visage. Il demanda :

« Vous êtes heureuse, n'est-ce pas ? »

Arlette affirma :

« Je le serais tout à fait si vous me gardiez votre amitié.

— Ce n'est pas de l'amitié que j'ai pour vous, Arlette. »

Comme elle ne répondait pas, il insista :

« Vous comprenez bien ce que je veux dire, n'est-ce pas, Arlette ?

— Je le comprends, murmura-t-elle, mais je ne le crois pas. »

Et, vivement, d'Enneris se rapprochant, elle reprit :

« Non, non, ne parlons pas davantage.

— Comme vous êtes déconcertante, Arlette ! Je vous l'ai dit dès les premiers jours. Et j'éprouve encore près de vous cette impression d'une chose cachée, d'un secret... un secret qui se mêle à tous ceux qui rendent cette affaire mystérieuse.

— Je n'ai aucun secret, affirma-t-elle.

— Si, si, et je vous en délivrerai, de même que je vous délivrerai de vos ennemis. Je les connais tous déjà, je les vois agir... je les surveille... l'un d'eux surtout, Arlette, le plus dangereux et le plus fourbe... »

Il fut sur le point d'accuser Fagerault, et dans la pénombre il sentit qu'Arlette attendait ses paroles. Mais il ne les prononça point, car les preuves lui manquaient.

« Le dénouement est proche, dit-il. Mais je ne dois

pas le brusquer. Suivez votre route, Arlette. Je ne vous demande qu'une promesse, c'est de me revoir autant que cela sera nécessaire, et de vous arranger pour que je sois reçu, comme vous l'êtes, chez M. et Mme de Mélamare.

— Je vous le promets... »

Fagerault revenait.

« Un mot encore, dit Jean. Vous êtes bien mon amie ?

— Du plus profond de mon cœur.

— Alors, à bientôt, Arlette. »

Une voiture stationnait au bout de l'allée. Fagerault et d'Enneris se serrèrent de nouveau la main, et Arlette partit avec son fiancé.

« Va, mon bonhomme, se dit Jean, pendant qu'ils s'éloignaient, va. J'en ai maté de plus difficiles que toi, et je jure Dieu que tu n'épouseras pas la femme que j'aime, que tu n'habiteras pas l'hôtel Mélamare, et que tu rendras le corselet de diamants. »

Dix minutes après, Béchoux surprenait d'Enneris tout pensif, au même endroit. Le brigadier accourait, essoufflé, en compagnie de deux acolytes.

« J'ai un tuyau. De la rue La Fayette, Laurence Martin a dû venir dans ces parages où elle a loué, il y a quelque temps, une sorte de remise.

— Tu es prodigieux, Béchoux, fit d'Enneris.

— Pourquoi ?

— Parce que tu finis toujours par arriver au but. Trop tard, il est vrai... enfin, tu y arrives.

— Que veux-tu dire ?

— Rien. Sinon que tu dois poursuivre ces gens-là sans répit, Béchoux. C'est par eux que nous serons renseignés sur leur chef.

— Ils ont donc un chef ?

— Oui, Béchoux, et qui a pour lui une arme terrible.

— Quoi ?

— Une gueule d'honnête homme.

— Antoine Fagerault ? Alors tu soupçonnes donc toujours ce type-là ?

— Je fais plus que de le soupçonner, Béchoux.

— Eh bien, moi, le brigadier Béchoux, ici présent, je te déclare que tu te mets le doigt dans l'œil. Je ne me trompe jamais sur la physionomie des gens.

— Même sur la mienne », ricana d'Enneris, en le quittant.

L'assassinat du conseiller municipal Lecourceux et les circonstances où il se produisit remuèrent l'opinion publique. Lorsqu'on sut, par les révélations de Béchoux, que l'affaire se rattachait à celle du corselet, que la boutique de la revendeuse à la toilette que l'on recherchait avait comme locataire en nom la demoiselle Laurence Martin, et que cette Laurence Martin était celle-là même à laquelle M. Lecourceux avait donné audience, tout l'intérêt, un moment assoupi, se réveilla.

On ne parla plus que de Laurence Martin et du vieux qui boitait, complice et assassin. Les raisons du crime demeurèrent inexplicables, car il fut impossible de savoir exactement sur la rédaction de quel rapport Laurence Martin avait voulu influer par une offre d'argent. Mais tout cela semblait si bien combiné, et par des gens si exercés dans la pratique du crime, qu'on ne douta point que ce fussent les mêmes qui avaient agencé l'affaire du corselet de diamants, et les mêmes aussi qui avaient machiné le complot mystérieux contre M. de Mélamare et sa sœur. Laurence, le vieillard, la revendeuse, les trois associés redoutables, devinrent célèbres en quelques jours. Leur arrestation d'ailleurs paraissait imminente.

D'Enneris revit Arlette chaque jour à l'hôtel Mélamare. Gilberte n'oubliait pas l'audace avec laquelle Jean l'avait fait évader et le rôle qu'il avait joué. Il reçut donc, sur la recommandation d'Arlette, le meilleur accueil auprès d'elle et auprès du comte.

Le frère et la sœur avaient repris confiance dans la vie, quoique leur résolution de quitter Paris et de vendre leur hôtel fût définitive. Ils éprouvaient le même besoin de partir et considéraient comme un devoir de faire au destin hostile le sacrifice de la vieille maison familiale.

Mais ce qui restait encore de leurs longues inquiétudes se dissipait au contact de la jeune fille et de leur ami Fagerault. Arlette apportait dans cette demeure, pour ainsi dire abandonnée depuis plus d'un siècle, sa grâce, sa jeunesse, la clarté de ses cheveux blonds, l'équilibre de sa nature et l'élan de son enthousiasme. Elle s'était fait aimer, à son insu et tout naturellement, de Gilberte et du comte, et d'Enneris comprit pourquoi, dans leur désir de la rendre heureuse, ils avaient cru concourir à une bonne action en appuyant les prétentions de Fagerault, de celui qu'ils considéraient comme leur bienfaiteur.

Quant à lui, Fagerault, très gai, toujours de bonne humeur, expansif et insouciant, il exerçait sur eux une influence profonde, qu'Arlette semblait subir au même point. Il était vraiment le type de l'homme qui n'a pas d'arrière-pensée et qui s'abandonne à la vie en toute confiance et en toute sécurité.

Aussi avec quelle attention anxieuse d'Enneris étudiait la jeune fille ! Il y avait entre elle et lui, malgré leur conversation affectueuse devant le garage de Levallois, une certaine gêne que Jean n'essayait pas de combattre. Et, cette gêne, il s'obstinait à croire qu'Arlette la conservait même en dehors de lui, et qu'elle ne se laissait pas aller au bonheur naturel d'une femme qui aime et dont le mariage approche.

On n'eût point dit qu'elle envisageait l'avenir à ce point de vue, et que cet hôtel de Mélamare, qu'elle allait habiter, fût sa maison d'épouse. Lorsqu'elle en parlait avec Fagerault — et c'était tout le sujet de leurs conversations — ils semblaient aménager le siège social d'une œuvre philanthropique. C'est qu'en effet l'hôtel Mélamare, selon les projets d'Arlette, devenait le Foyer de la « Caisse dotale ». Là se réunirait le conseil d'administration. Là les protégées d'Arlette auraient leur salle de lecture. Le rêve d'Arlette, mannequin de chez Chernitz, se réalisait. Il n'était jamais question des rêves d'Arlette jeune fille.

Fagerault était le premier à en rire.

« J'épouse une œuvre sociale, disait-il. Je ne suis pas un mari, mais un commanditaire. »

Un commanditaire ! Ce mot, chez d'Enneris, dominait toutes ses pensées dans leur évolution autour d'Antoine Fagerault. De si vastes projets, achat d'hôtel, commandite, installations, révélaient une grosse fortune. D'où venait cette fortune ? Les renseignements, recueillis par le brigadier Béchoux auprès du consulat et de la légation argentine, établissaient qu'effectivement une famille Fagerault s'était installée à Buenos Aires une vingtaine d'années auparavant, et que le père et la mère étaient morts au bout de dix ans. Mais ces gens-là ne possédaient rien, et l'on avait dû rapatrier leur fils Antoine, un tout jeune adolescent à cette époque. Comment cet Antoine que, depuis, les Mélamare avaient connu assez pauvre, s'était-il enrichi soudain ? Comment... sinon par le vol récent des merveilleux diamants de Van Houben ?

L'après-midi et le soir, les deux hommes ne se quittaient pour ainsi dire pas. Chaque jour ils prenaient le thé chez les Mélamare. Tous deux pleins d'entrain, allègres et démonstratifs, ils se prodiguaient les marques de leur amitié et de leur sympathie, se tutoyaient à l'occasion et ne tarissaient pas d'éloges l'un sur l'autre. Mais de quel œil frémissant d'Enneris épiait son rival ! Et comme il sentait parfois le regard aigu de Fagerault qui le fouillait jusqu'au fond de l'âme !

De l'affaire, entre eux, il n'était jamais question. Pas un mot de cette collaboration que d'Enneris avait réclamée et qu'il eût refusée si l'autre l'avait offerte. En réalité, c'était un duel implacable, avec des assauts invisibles, des ripostes sournoises, des feintes, et une égale fureur contenue.

Un matin, d'Enneris avisa, aux environs du square Laborde, bras dessus bras dessous, Fagerault et Van Houben qui paraissaient au mieux. Ils suivirent la rue Laborde et s'arrêtèrent devant une boutique fermée. Du doigt, Van Houben montra l'enseigne : « Agence Barnett et Cie ». Ils s'éloignèrent en parlant avec animation.

« C'est bien cela, se dit Jean, les deux fourbes se sont acoquinés. Van Houben me trahit et raconte à

Fagerault que d'Enneris n'est autre que l'ex-Barnett. Or un type de la force de Fagerault ne peut manquer, à bref délai, d'identifier Barnett et Arsène Lupin. En ce cas il me dénonce. Qui démolira l'autre, Lupin ou Fagerault ? »

Cependant Gilberte prenait ses dispositions de départ. Le jeudi 28 avril (et l'on était au 15), les Mélamare devaient abandonner leur hôtel. M. de Mélamare signerait le contrat de vente et Antoine donnerait un chèque. Arlette préviendrait sa mère, les bans seraient publiés et le mariage aurait lieu vers le milieu de mai.

Un peu de temps encore s'écoula. Une telle exécration lançait l'un contre l'autre d'Enneris et Fagerault que leur camaraderie affectée n'y résistait pas toujours. Malgré eux les deux hommes se laissaient aller, par instants, à prendre posture d'adversaires. Fagerault eut l'audace d'amener Van Houben au thé des Mélamare, et Van Houben marqua la plus grande froideur vis-à-vis de Jean. Il parla de diamants et déclara qu'Antoine Fagerault était sur la piste du voleur, et il dit cela avec un tel accent de menace que d'Enneris se demanda si le dessein de Fagerault n'était pas de le mettre en cause, lui, d'Enneris.

La bataille ne pouvait tarder. D'Enneris, dont les idées s'appuyaient sur une réalité de plus en plus solide, en avait fixé la date et l'heure. Mais ne serait-il pas devancé ? Un fait dramatique se produisit qui lui parut de mauvais augure à ce sujet.

Il avait pris à sa solde le portier du Mondial Palace où demeurait Fagerault et il savait par lui, et par Béchoux, d'ailleurs, dont la surveillance ne se démentait pas, que Fagerault ne recevait jamais ni lettres ni visites. Un matin, néanmoins, d'Enneris fut averti qu'on avait perçu quelques mots d'une communication téléphonique, très courte, échangée entre Fagerault et une femme. Rendez-vous était pris pour le soir à onze heures et demie dans le jardin du

Champ-de-Mars, « à la même place que la dernière fois ».

Le soir, dès onze heures, Jean d'Enneris rôda au pied de la tour Eiffel et dans les jardins. Il faisait une nuit sans lune et sans étoiles. Il chercha longtemps et ne rencontra pas Fagerault. Ce n'est guère avant minuit qu'il avisa, sur un banc, une masse épaisse qui lui parut être une femme ployée en deux, la tête presque sur les genoux.

« Eh ! dites donc, cria Jean, on ne dort pas comme ça en plein air... Tenez, voilà qu'il pleut. »

La femme ne remuait pas. Il se pencha, sa lampe électrique à la main, vit une tête sans chapeau, des cheveux gris et une mante qui traînait sur le sable. Il souleva la tête qui retomba aussitôt : il avait eu le temps de reconnaître, toute pâle, de la pâleur d'une morte, la marchande à la toilette, la sœur de Laurence Martin.

L'endroit se trouvait à l'écart des allées centrales, au milieu de massifs, mais non loin de l'École militaire. Or, sur l'avenue, passaient deux agents cyclistes dont il attira l'attention d'un coup de sifflet, et qu'il appela au secours.

« C'est bête ce que je fais, se dit-il. À quoi bon m'occuper de cela ? »

Dès que les agents se furent approchés, il leur expliqua sa découverte. On dévêtit un peu la femme et l'on aperçut le manche d'un poignard planté au-dessous de l'épaule. Les mains étaient froides. La mort devait remonter à trente ou quarante minutes. Le sable, à l'entour, était piétiné, comme si la victime s'était débattue. Mais la pluie, qui commençait à tomber fortement, effaçait les traces.

« Il faudrait une automobile, observa l'un des agents, et la porter au poste. »

Jean s'offrit.

« Amenez le corps jusqu'à l'avenue. Moi, je reviens avec une voiture : la station est tout près. »

Il se mit à courir. Mais, à la station, au lieu de monter dans le taxi, il se contenta d'avertir le chauffeur et de l'envoyer au-devant des agents. Pour lui, il s'éloigna du côté opposé à vive allure.

« Pas la peine de faire du zèle, se disait-il. On me demanderait mon nom. Je serais convoqué à l'instruction. Que de tracas pour un homme paisible ! Mais qui diable a tué cette revendeuse ? Antoine Fagerault, à qui elle avait donné rendez-vous ? Laurence Martin qui a voulu se débarrasser de sa sœur ? Il y a une chose de plus en plus évidente, c'est que la brouille est entre les complices. Avec cette hypothèse, tout s'explique, la conduite de Fagerault, ses plans, tout... »

Le lendemain, les journaux de midi relatèrent en quelques lignes l'assassinat d'une vieille femme dans les jardins du Champ-de-Mars. Mais, le soir, double coup de théâtre ! La victime n'était autre que la marchande à la toilette de la rue Saint-Denis, c'est-à-dire la complice de Laurence Martin et de son père... Et dans une de ses poches on avait recueilli un bout de papier qui portait ce nom tracé d'une écriture grossière et visiblement déguisée : « Ars. Lupin. » En outre les agents cyclistes racontèrent l'épisode de l'homme trouvé près du cadavre et qui s'était prudemment esquivé. Aucun doute : Arsène Lupin se trouvait mêlé à l'affaire du corselet de diamants !

C'était absurde, et le public ne manqua pas de réagir. Arsène Lupin ne tuait jamais, et n'importe quel misérable pouvait avoir inscrit le nom d'Arsène Lupin. Mais quel avertissement pour Jean d'Enneris ! Combien le fait d'évoquer la silhouette de Lupin prenait de signification ! La menace était directe : « Abandonne la partie. Laisse-moi libre. Sinon je te dénonce, car j'ai en main toutes les preuves par lesquelles on remonte de d'Enneris à Barnett et de Barnett à Lupin. »

Mieux que cela, ne suffisait-il pas de prévenir le brigadier Béchoux... Béchoux, toujours inquiet, qui ne subissait qu'avec impatience l'autorité de d'Enneris et qui saisirait avidement l'occasion d'une aussi magnifique revanche ?

Or c'est ce qu'il advint. Sous prétexte de poursuivre

l'enquête relative aux diamants, Antoine Fagerault, de même qu'il avait introduit Van Houben, amena Béchoux chez les Mélamare, et l'attitude gauche et compassée du brigadier avec d'Enneris ne pouvait laisser place à la moindre hésitation : pour Béchoux, d'Enneris devenait brusquement Lupin. Seul Lupin avait pu accomplir les exploits que Béchoux avait vu Barnett accomplir, et seul Lupin avait pu rouler Béchoux comme Béchoux avait été roulé ; Béchoux devait donc sans retard, et d'accord avec ses chefs de la Préfecture, préparer l'arrestation de Jean d'Enneris.

Ainsi, chaque jour, la situation empirait. Fagerault, qui avait paru soucieux et désemparé à la suite de l'aventure du Champ-de-Mars, recouvrait son humeur habituelle, mais, volontairement ou non, prenait vis-à-vis de Jean une sorte de désinvolture dont l'arrogance se déguisait mal. On le sentait triomphant, comme un homme qui n'a plus qu'à lever le doigt pour que se déclenche tout le mécanisme de la victoire.

Le samedi qui précéda le contrat de vente, il bloqua d'Enneris dans un coin et lui dit :

« Eh bien, qu'est-ce que vous pensez de tout cela ?

— De tout cela ?

— Oui, de cette intervention de Lupin ?

— Bah ! je suis plutôt sceptique à cet égard.

— Tout de même, il y a des charges contre lui, et il paraît qu'on le file de près, et que sa capture n'est plus qu'une question d'heures.

— Sait-on jamais ? Le personnage est malin.

— Si malin qu'il soit, je ne sais pas comment il pourra s'en tirer.

— Je vous avoue que je ne me tourmente pas pour lui.

— Moi non plus, remarquez-le. Je parle en spectateur désintéressé. À sa place...

— À sa place ?...

— Je filerais à l'étranger.

— Ce n'est pas le genre d'Arsène Lupin.

— Alors j'accepterais une transaction. »

D'Enneris s'étonna :

« Avec qui ? et à propos de quoi ?

— Avec le possesseur des diamants.

— Ma foi, fit d'Enneris, en riant, étant donné ce qu'on sait de Lupin, je crois que les bases de transaction seraient faciles à déterminer.

— Et ces bases ?

— Tout pour moi. Rien pour toi. »

Fagerault sursauta, croyant à une apostrophe directe.

« Hein ? Que dites-vous ?

— Je prête à Lupin une formule de réponse conforme à ses habitudes. Tout pour Lupin, rien pour les autres. »

Fagerault rit de bon cœur à son tour, et sa physionomie était si loyale que d'Enneris s'irrita. Rien ne lui était plus désagréable que l'impression « bon enfant » qui se dégageait d'Antoine et qui attirait au jeune homme toutes les sympathies. Et l'anomalie apparaissait cette fois au moment même où Fagerault se croyait assez fort pour agir en provocateur. D'Enneris jugea bon d'engager le fer sans plus tarder, et, passant subitement du ton de la plaisanterie au ton d'hostilité, prononça :

« Pas de phrases entre nous. Ou du moins le minimum. Trois ou quatre suffisent. J'aime Arlette. Vous aussi. Si vous persistez à l'épouser, je vous démolis. »

Antoine parut stupéfait de l'algarade. Cependant, il répliqua, sans se démonter :

« J'aime Arlette et je l'épouserai.

— Donc, refus ?

— Refus. Il n'y a aucune raison pour que je subisse des ordres que vous n'avez, vous, aucun droit à me donner.

— Soit. Choisissons le jour de la rencontre. La signature du contrat de vente a lieu mercredi prochain, n'est-ce pas ?

— Oui, l'après-midi, à six heures et demie.

— J'y serai.

— À quel titre ?

— M. de Mélamare et sa sœur partent le lendemain. J'irai leur dire adieu.

— Vous serez certainement le bienvenu.

— Donc à mercredi.

— À mercredi. »

Au sortir de cet entretien, d'Enneris ne tergiversa pas. Restaient quatre jours. À aucun prix, il ne voulait courir le moindre risque durant cette période. Il fit donc un « plongeon » dans les ténèbres. On ne le vit plus nulle part. Deux inspecteurs de la Sûreté déambulèrent devant son rez-de-chaussée. D'autres surveillèrent la maison d'Arlette Mazolle, d'autres celle de Régine Aubry, d'autres la rue qui bordait le jardin des Mélamare. Aucune trace de Jean d'Enneris.

Mais, durant ces quatre jours, caché dans une de ces retraites bien aménagées qu'il possédait à Paris, ou bien camouflé comme lui seul savait le faire, avec quelle fièvre il s'occupa de la bataille finale, concentrant toute son attention sur les derniers points qui demeuraient obscurs et agissant ensuite selon le résultat de sa méditation ! Jamais il n'avait senti plus vivement la nécessité d'être prêt, et l'obligation, en face d'un adversaire, d'envisager les pires éventualités.

Deux expéditions nocturnes lui procurèrent certaines indications qui lui manquaient. Son esprit discernait à peu près nettement toute la chaîne des faits et toute la psychologie de l'affaire. Il connaissait ce qu'on appelait le secret des Mélamare, et dont les Mélamare n'avaient entraperçu qu'une face. Il savait la raison mystérieuse qui donnait tant de force aux ennemis du comte et de sa sœur. Et il voyait clairement le rôle joué par Antoine Fagerault.

« Ça y est ! s'écria-t-il le mercredi à son réveil. Mais je dois bien savoir que, lui aussi, il doit se dire : « Ça y est ! » et que je peux me heurter à des périls que je ne soupçonne pas. Advienne que pourra ! »

Il déjeuna de bonne heure, puis se promena. Il réfléchissait encore. Ayant traversé la Seine, il acheta un journal de midi qui venait de paraître, le déplia machinalement, et, tout de suite, fut attiré par un titre sensationnel, en tête de colonne. Il s'arrêta et lut posément :

« *Le cercle se rétrécit autour d'Arsène Lupin, et l'affaire évolue dans le nouveau sens que laissaient prévoir les derniers événements. On sait qu'un monsieur de tournure jeune et vêtu avec élégance cherchait, il y a quelques semaines, des renseignements sur une marchande à la toilette qu'il tâchait de retrouver. Cette femme, dont il se procura l'adresse, n'était autre que la revendeuse de la rue Saint-Denis. Or, le signalement de ce monsieur correspond exactement au signalement de l'individu que les agents cyclistes ont surpris au Champs-de-Mars près du cadavre, et qui s'est enfui sans avoir depuis donné signe de vie. À la Préfecture, on est persuadé qu'il s'agit d'Arsène Lupin. (Voir à la troisième page.)* »

Et à la troisième page, en dernière heure, cet entrefilet signé : « Un lecteur assidu. »

« *Le monsieur élégant que l'on poursuit s'appellerait, selon certaines informations, d'Enneris. Serait-ce le vicomte Jean d'Enneris, ce navigateur qui, soi-disant, a fait le tour du monde en canot automobile et dont on a fêté l'arrivée l'année dernière ? D'autre part, on est fondé à croire que le célèbre Jim Barnett, de l'agence Barnett et Cie, ne faisait qu'un avec Arsène Lupin. S'il en est ainsi, nous pouvons espérer que la trinité Lupin-Barnett-d'Enneris n'échappera pas longtemps aux recherches, et que nous serons débarrassés de cet insupportable individu. Pour cela, ayons confiance dans le brigadier Béchoux.* »

D'Enneris replia rageusement le journal. Il ne doutait pas que les conclusions du « lecteur assidu » ne provinssent d'Antoine Fagerault, lequel tenait toutes les ficelles de l'aventure et dirigeait le brigadier Béchoux.

« Voyou ! grinça-t-il. Tu me le paieras... et un bon prix ! »

Il se sentait mal à l'aise, gêné dans ses mouvements, et déjà comme traqué. Les passants avaient l'air de policiers qui le dévisageaient. N'allait-il pas s'enfuir, comme le lui avait conseillé Fagerault ?

Il hésita, songeant aux trois moyens de fuite qu'il avait toujours à sa disposition : un avion, une auto, et, toute proche, sur la Seine, une vieille péniche.

« Non, c'est trop bête, se dit-il. Un type comme moi ne flanche pas à l'heure de l'action. Ce qui est vexant, c'est que je vais être obligé, en tout état de cause, de lâcher mon joli nom de d'Enneris. Dommage ! Il était allègre et bien français. En outre, me voilà fichu comme gentleman navigateur ! »

Inconsciemment néanmoins, obéissant à sa nature, il inspectait la rue contiguë au jardin. Personne. Aucun agent. Il contourna l'hôtel. Rue d'Urfé, rien de suspect non plus. Et il pensa que Béchoux et Fagerault, ou bien ne l'avaient pas cru capable d'affronter le danger — et ce devait être le désir secret de Fagerault — ou bien avaient pris toutes leurs mesures à l'intérieur de l'hôtel.

Cette idée le cingla. Il ne voulait pas qu'on l'accusât de lâcheté. Il tâta ses poches, pour être bien sûr qu'il n'y avait pas laissé, par mégarde, un revolver ou un couteau, ustensiles qu'il qualifiait de néfastes. Puis il marcha vers la porte cochère.

Une hésitation suprême : cette façade des communs, morose et sombre, ressemblait à un mur de prison. Mais la vision souriante, un peu ingénue, un peu triste, d'Arlette lui traversa l'esprit. Allait-il livrer la jeune fille sans la défendre ?

Il plaisanta, en lui-même :

« Non, Lupin, n'essaie pas de te donner le change. Pour défendre Arlette, tu n'as pas besoin d'entrer dans la souricière et de risquer ta précieuse liberté. Non. Tu n'as qu'à faire tenir au comte une toute petite missive où tu lui révéleras le secret des Mélamare et le rôle qu'Antoine Fagerault joue là-dedans. Quatre lignes suffisent. Pas une de plus. Mais, en réalité, rien ne t'empêchera de sonner à cette porte, pour la raison bien simple que cela t'amuse. C'est le danger que tu aimes. C'est la lutte que tu cherches. C'est le corps à corps avec Fagerault que tu veux. Tu succomberas peut-être à la tâche — car ils sont prêts à te recevoir, les gredins ! — mais, avant tout, cela te passionne de tenter la belle aventure et d'affronter l'ennemi sur son terrain, sans armes, seul, et le sourire aux lèvres... »

Il sonna.

X

LE COUP DE POING

« Bonjour, François, dit-il, en pénétrant dans la cour d'un pas léger.

— Bonjour, monsieur, fit le vieux domestique. Monsieur nous a quittés, ces jours-ci...

— Mon Dieu, oui, dit Jean, qui plaisantait souvent avec François, et qui pensa que le bonhomme n'était pas encore prévenu contre lui. Mon Dieu, oui ! Affaires de famille... héritage d'un oncle de province... un bon petit million.

— Tous mes compliments, monsieur.

— Bah ! je ne suis pas encore décidé à l'accepter.

— Est-ce possible, monsieur ?

— Mon Dieu, oui, c'est un million de dettes. »

Jean fut content de cette innocente facétie qui lui prouvait son entière liberté d'esprit. Mais, à cet instant, il discerna un rideau de tulle qui se rabattit vivement à l'une des fenêtres de l'hôtel, pas assez vite cependant pour qu'il ne pût reconnaître la face du brigadier Béchoux, lequel veillait au rez-de-chaussée dans une pièce à usage de salle d'attente.

« Je vois, dit Jean, que le brigadier est à son poste. Toujours l'enquête sur les diamants ?

— Toujours, monsieur. Je me suis laissé dire qu'il

y aurait du nouveau sous peu. Le brigadier a posté trois hommes. »

Jean se réjouit. Trois gaillards choisis parmi les plus vigoureux... tout un corps de garde... quelle chance ! De telles précautions rendaient les siennes efficaces. Sans représentants de l'autorité, son plan s'écroulait.

Il monta les six marches du perron, puis l'escalier. Dans le salon se trouvaient réunis le comte et sa sœur, Arlette, Fagerault et Van Houben, venu également pour dire adieu. L'atmosphère était paisible, et ils avaient tous l'air de si bien s'entendre que d'Enneris eut encore une légère hésitation en pensant que deux ou trois minutes allaient suffire pour jeter la perturbation au milieu de ce bon accord.

Gilberte de Mélamare l'accueillit avec affabilité. Le comte lui tendit gaiement la main. Arlette, qui causait à l'écart, vint vers lui, tout heureuse de le voir. Décidément aucune de ces trois personnes ne connaissait les nouvelles de la dernière heure, n'avait lu le journal du soir qu'il tenait en poche, et ne soupçonnait l'accusation lancée contre lui et le duel qui se préparait.

En revanche, la poignée de main de Van Houben fut glaciale. Évidemment, celui-là savait. Quant à Fagerault, il ne bougea pas, et, assis entre les deux fenêtres, continua de feuilleter un album. Il y avait là tant d'affectation et de défi que Jean d'Enneris brusqua les choses et qu'il s'écria :

« Le sieur Fagerault est absorbé par son bonheur et ne me voit même pas... ou ne veut pas me voir... »

Le sieur Fagerault esquissa un geste vague, comme s'il eût accepté que le duel ne fût pas engagé sur-le-champ. Mais Jean ne l'entendait point ainsi, et rien ne pouvait faire qu'il ne prononçât pas les mots prémédités et n'accomplît pas les gestes voulus. Comme les grands capitaines, il estimait qu'il faut toujours prendre pour soi le bénéfice de la surprise et se jeter ainsi à travers les plans de l'adversaire. L'offensive, c'est la moitié de la victoire.

Dès qu'il eut donné des explications sur son

absence et qu'il se fut renseigné sur le départ du comte et de sa sœur, il saisit les deux mains d'Arlette et lui dit :

« Et toi, ma petite Arlette, es-tu heureuse ? mais tout à fait heureuse, heureuse sans arrière-pensée, et sans regret ? heureuse comme tu mérites de l'être ? »

Ce tutoiement, anormal en un pareil moment, produisit un effet de stupeur. Chacun comprit que d'Enneris avait agi dans une intention déterminée et qui n'avait rien de pacifique.

Fagerault se leva, pâle, touché par la soudaineté de l'attaque, alors qu'il devait avoir tout combiné pour attaquer lui-même, et à la minute choisie par lui.

Le comte et Gilberte, choqués, avaient eu un haut-le-corps. Van Houben exhala un juron. Tous trois regardaient Arlette avant d'intervenir. Mais la jeune fille ne semblait pas s'offusquer, elle. Ses yeux souriants levés vers Jean, elle le regardait comme un ami à qui l'on accorde des privilèges particuliers.

« Je suis heureuse, dit-elle. Tous mes projets vont être exécutés, et, grâce à cela, beaucoup de mes camarades se marieront selon leur inclination. »

Mais d'Enneris n'avait pas ouvert les hostilités pour se contenter de cette tranquille affirmation. Il insista :

« Il ne s'agit pas de tes camarades, petite Arlette, mais de toi, et de ton droit personnel à te marier selon ton cœur. Est-ce bien le cas, Arlette ? »

Elle rougit et ne répondit point.

Le comte s'écria :

« Je suis vraiment étonné de cette question. Ce sont là des choses qui ne concernent qu'Antoine et sa fiancée.

— Et il est inconcevable..., commença Van Houben.

— Il est encore plus inconcevable, interrompit d'Enneris avec douceur, que notre chère Arlette se sacrifie à ses idées généreuses et se marie sans amour. Car telle est bien la situation, et il faut que vous la connaissiez, monsieur de Mélamare, puisqu'il en est encore temps : Arlette n'aime pas Antoine

Fagerault. Elle n'a même pour lui qu'une sympathie médiocre, n'est-ce pas, Arlette ? »

Arlette baissa la tête, sans protester. Le comte, les bras croisés, suffoquait d'indignation. Comment se pouvait-il que d'Enneris, si correct et si réservé, fît preuve d'une telle grossièreté ?

Mais Antoine Fagerault s'était avancé jusqu'à Jean d'Enneris, il avait perdu son expression insouciante et bon enfant, et, par un effet singulier, sous l'action de la colère, et peut-être aussi d'une peur confuse, il prenait un air d'une méchanceté imprévue.

« De quoi vous mêlez-vous ?
— De ce qui me regarde.
— Les sentiments d'Arlette envers moi vous regardent ?
— Certes, puisque son bonheur est en jeu.
— Et, selon vous, elle ne m'aime pas ?
— Fichtre non !
— Et votre intention ?...
— Est d'empêcher ce mariage. »

Antoine tressauta.

« Ah ! vous vous permettez... Eh bien, puisqu'il en est ainsi, je riposte, moi ! et sans ménagement ! vous allez voir ça... »

Résolument il arracha le journal qui sortait de la poche de d'Enneris, le déplia sous les yeux du comte et s'exclama :

« Tenez, cher ami, lisez cela, et vous verrez ce que c'est que ce monsieur. Lisez surtout l'article de la troisième page... L'accusation est nette... »

Et, emporté par un élan furieux qui contrastait avec sa nonchalance habituelle, il lut lui-même, d'un trait, les réflexions implacables du « lecteur assidu ».

Le comte et sa sœur écoutaient, confondus. Arlette fixait des yeux éplorés sur Jean d'Enneris.

Celui-ci ne bronchait pas. Il jeta simplement, entre deux phrases :

« Pas besoin de lire, Antoine. Pourquoi ne récites-tu pas par cœur, puisque c'est toi qui as composé ce joli réquisitoire ? »

Fagerault achevait d'un ton de déclamation, et le doigt tendu vers Jean :

« ... *on est fondé à croire que le célèbre Jim Barnett, de l'agence Barnett et Cie, ne faisait qu'un avec Arsène Lupin. S'il en est ainsi, nous pouvons espérer que la trinité Lupin-Barnett-d'Enneris n'échappera pas longtemps aux recherches, et que nous serons débarrassés de cet insupportable individu. Pour cela, ayons confiance dans le brigadier Béchoux.* »

Le silence fut solennel. L'accusation frappait d'horreur le comte et Gilberte. Jean souriait.

« Appelle-le donc, ton brigadier Béchoux. Car il faut que vous sachiez, monsieur de Mélamare, que le sieur Antoine a introduit ici Béchoux et ses alguazils, uniquement pour moi. J'avais annoncé ma visite, et l'on me sait fidèle à ma parole. Entre donc, mon vieux Béchoux. Tu es là qui t'agites derrière la tapisserie, ainsi que Polonius. C'est indigne d'un policier de ta valeur. »

La tapisserie fut écartée. Béchoux entra, le visage résolu, mais avec l'aspect d'un homme qui n'usera de sa toute-puissance qu'au moment où il le jugera à propos.

Van Houben, qui haletait d'impatience, se précipita vers lui.

« Relevez le défi, Béchoux ! Arrêtez-le. C'est le voleur des diamants. Il faut qu'il rende gorge. Après tout, vous êtes le maître ici ! »

M. de Mélamare s'interposa.

« Un instant. Je désire que tout se passe chez moi dans le calme et dans l'ordre. »

Et, s'adressant à d'Enneris :

« Qui êtes-vous, monsieur ? Je ne vous demande pas de rétorquer les accusations de cet article, mais de me dire loyalement si je dois encore vous considérer comme le vicomte Jean d'Enneris...

— Ou comme le cambrioleur Arsène Lupin », interrompit d'Enneris, en riant.

Il se tourna vers la jeune fille.

« Assieds-toi, ma petite Arlette. Tu es tout émue. Il ne faut pas. Assieds-toi. Et quoi qu'il advienne, sois sûre que tout finira bien, puisque c'est pour toi que je travaille. »

Et, revenant au comte, il lui dit :

« Je ne répondrai pas à votre question, monsieur de Mélamare, pour ce motif qu'il ne s'agit pas de savoir qui je suis, mais de savoir ce que c'est qu'Antoine Fagerault ici présent. »

Le comte retint Fagerault qui voulait s'élancer, fit taire Van Houben qui parlait de ses diamants, et Jean continua :

« Si je suis venu ici, sans que rien m'y obligeât, ayant en poche ce journal dont j'avais lu l'article, et sachant que Béchoux, stimulé par Fagerault, m'y attendait avec un mandat, c'est que le danger couru par moi me semblait beaucoup moins grand que le danger couru par *notre chère Arlette*... et couru par vous également et par Mme de Mélamare. Ce que je suis, c'est une affaire entre Béchoux et moi. Nous la réglerons à part. Ce qu'est Antoine Fagerault, voilà le problème urgent qu'il faut résoudre. »

Cette fois, M. de Mélamare ne put contenir Fagerault, lequel, tout pantelant, vociférait :

« Qui suis-je alors ? Réponds donc ! Ose répondre ! Qui suis-je, selon toi ! »

Jean prononça, comme s'il commençait une énumération sur le bout de chacun de ses doigts :

« Tu es le voleur du corselet...

— Tu mens ! interrompit Antoine. Moi, le voleur du corselet ! »

Jean continua avec flegme :

« Tu es l'homme qui a enlevé Régine Aubry et Arlette Mazolle.

— Tu mens !

— L'homme qui a dérobé les objets du salon.

— Tu mens !

— Le complice de la revendeuse qui est morte dans le jardin du Champ-de-Mars.

— Tu mens !

— Le complice de Laurence Martin et de son père.

— Tu mens !

— Enfin, tu es l'héritier de cette race implacable qui, depuis trois quarts de siècle, persécute la famille de Mélamare. »

Antoine tremblait de rage. À chacune des accusations, il haussait le ton.

« Tu mens ! tu mens ! tu mens ! »

Et, lorsque d'Enneris eut fini, il se planta tout contre lui, le geste menaçant, et balbutia d'une voix âpre :

« Tu mens !... Tu dis des choses au hasard... parce que tu aimes Arlette et que tu crèves de jalousie... Ta haine vient de là, et aussi de ce que je vois clair dans ton jeu depuis le début. Tu as peur. Oui, tu as peur, parce que tu devines que j'ai des preuves... toutes les preuves possibles... (il frappait son veston à l'endroit du portefeuille), toutes les preuves que Barnett et d'Enneris, c'est Arsène Lupin... Oui, Arsène Lupin !... Arsène Lupin ! »

Hors de lui, comme exaspéré par ce nom d'Arsène Lupin, il criait de plus en plus fort, et sa main se crispait à l'épaule de d'Enneris.

Celui-ci, qui ne reculait pas d'une semelle, lui dit gentiment :

« Tu nous casses les oreilles, Antoine. Ça ne peut pas durer comme ça. »

Il fit une pause. L'autre ne cessait pas de hurler.

« Tant pis pour toi, dit Jean. Je t'avertis pour la dernière fois : baisse le ton. Sans quoi, il va t'arriver quelque chose de fort désagréable. Tu persistes ? Allons, tu l'auras bien voulu, et je te prie de remarquer que j'y ai mis toute la patience nécessaire. Attention !... »

Ils étaient si près l'un de l'autre que leurs torses se heurtaient presque. Entre eux le poing de d'Enneris se fraya un chemin avec la vitesse d'un projectile et s'en vint frapper Fagerault à l'extrémité du menton.

Fagerault vacilla, plia les jambes ainsi qu'une bête blessée, toucha du genou et s'étendit tout de son long.

Dans le tumulte, parmi des clameurs de révolte, le

comte et Van Houben voulurent s'emparer de Jean, tandis que Gilberte et Arlette cherchaient à soigner Antoine. De ses deux bras tendus, d'Enneris les écarta tous les quatre, et, les tenant à distance, interpella Béchoux d'une voix pressante :

« Aide-moi, Béchoux. Allons, mon vieux camarade de bataille, un coup de main. Tu sais bien, toi qui m'as vu souvent à l'œuvre, que je n'agis pas à l'aveuglette, et que je dois avoir des raisons graves pour casser les vitres. Ma cause est la tienne, dans cette affaire. Aide-moi, Béchoux. »

Impassible, le brigadier avait assisté à la scène, comme un arbitre qui juge les coups et qui ne prend de décision qu'en connaissance de cause. Les événements se présentaient de telle façon qu'il ne pouvait manquer, d'un côté comme de l'autre, d'y trouver son bénéfice, et que le duel à mort qui venait de s'engager lui livrerait les deux combattants pieds et poings liés. Aussi les appels au vieux camarade de bataille le laissèrent complètement insensible. Béchoux était bien décidé à se conduire en réaliste.

Il dit à d'Enneris :

« Tu sais que j'ai trois hommes en bas ?

— Je sais, et je compte sur toi pour les utiliser contre toute cette bande de fripouilles.

— Et contre toi peut-être, ricana Béchoux.

— Si le cœur t'en dit. Tu as tous les atouts en main aujourd'hui. Joue ta partie sans pitié. C'est ton droit et ton devoir. »

Béchoux prononça, comme s'il obéissait à ses réflexions, alors qu'il subissait la volonté de d'Enneris :

« Monsieur le comte de Mélamare, dans l'intérêt de la justice, je vous prie de patienter. Si les accusations lancées contre Antoine Fagerault sont fausses, nous ne tarderons pas à le savoir. En tout cas, je prends l'entière responsabilité de ce qui arrivera. »

C'était laisser à d'Enneris toute latitude. Il en profita aussitôt pour accomplir l'acte le plus ahurissant que l'on pût concevoir. Il tira de sa poche un petit flacon rempli d'un liquide brunâtre et en versa la moitié sur une compresse toute préparée. Une odeur de chloroforme se dégagea. D'Enneris appuya ce masque sur le visage d'Antoine Fagerault et l'y attacha par un cordon passé autour de la tête.

La chose était si extravagante, en opposition si forte avec ce que le comte pouvait permettre, qu'il fallut un nouvel effort de Béchoux pour apaiser M. de Mélamare et sa sœur. Arlette demeurait interdite, ne sachant que penser et les larmes aux yeux. Van Houben tempêtait.

Cependant Béchoux, qui ne pouvait plus reculer, insista.

« Monsieur le comte, je connais l'individu. Je vous affirme que nous devons attendre. »

Et Jean, s'étant relevé, s'approcha de M. de Mélamare et lui dit :

« Je m'excuse sincèrement, monsieur, et je vous supplie de croire qu'il n'y a là, de ma part, ni caprice ni brutalité inutile. La vérité doit être découverte souvent par des moyens spéciaux. Or, cette vérité, c'est tout simplement le secret des machinations qui ont fait tant de mal à votre famille et à vous-même... Vous entendez, monsieur... le secret des Mélamare... Je le connais. Il ne tient qu'à vous de le connaître et de détruire le maléfice. Ne m'accorderez-vous pas les vingt minutes de confiance dont j'ai besoin ? Vingt minutes, pas davantage. »

D'Enneris n'attendit même pas la réponse de M. de Mélamare. Son offre était de celles qu'on ne refuse pas. Il se tourna vers Van Houben, et d'un ton plus sec :

« Toi, tu m'as trahi. Soit. Passons là-dessus. Aujourd'hui, veux-tu les diamants que cet homme t'as volés ? Si oui, cesse de grogner. Il te les rendra. »

Restait le brigadier Béchoux. D'Enneris lui dit :

« À ton tour, Béchoux. Voici ta part de butin. Je t'offre d'abord la vérité, cette vérité que tous les gens de la Préfecture cherchent vainement autour de toi, et que tu leur serviras toute chaude. Je t'offre ensuite Antoine Fagerault, que je te livrerai comme un cadavre, s'il ne marche pas droit. Et, en fin de compte, je t'offre les deux complices, Laurence Martin et son père. Il est quatre heures. À six heures exactement, tu les auras. Ça te va ?

— Oui.

— Donc, nous sommes d'accord. Seulement...

— Seulement ?

— Marche avec moi jusqu'au bout. Si, à sept heures du soir, je n'ai pas tenu toutes mes promesses, c'est-à-dire si je n'ai pas révélé le secret des Mélamare, éclairci toute l'affaire et livré les coupables, je jure sur l'honneur que je tendrai mon poignet au cabriolet de fer et que je t'aiderai à savoir qui je suis, d'Enneris, Jim Barnett, ou Arsène Lupin. En attendant, je suis l'homme qui a les moyens de dénouer la situation tragique où tout le monde s'agite. Béchoux, tu as un véhicule quelconque de la Préfecture, aux environs ?

— Tout près d'ici.

— Envoie-le chercher. Et toi, Van Houben, ton auto ?

— J'ai dit à mon chauffeur d'être là à quatre heures.

— Combien de places ?

— Cinq.

— Ton chauffeur est inutile. Qu'il s'en aille. Tu nous conduiras toi-même. »

Il revint vers Antoine Fagerault, l'examina et l'ausculta. Le cœur fonctionnait bien. La respiration était régulière, la physionomie normale. Il consolida le masque, et conclut :

« Il se réveillera dans vingt minutes. Juste le temps qu'il me faut.

— Pour faire quoi ? interrogea Béchoux.

— Pour arriver où nous devons arriver.

— C'est-à-dire ?

— Tu le verras. Allons. »

Personne ne protestait plus. L'autorité de d'Enneris pesait sur tous. Mais, plus encore, ils subissaient peut-être l'action formidable qu'exerçait la personnalité d'Arsène Lupin. Le passé fabuleux de l'aventurier, ses exploits prodigieux s'ajoutaient au prestige qui émanait de d'Enneris lui-même. Confondus l'un dans l'autre, ils devenaient une puissance que l'on considérait comme capable de tous les miracles.

Arlette regardait de ses yeux agrandis l'étrange personnage.

Le comte et sa sœur palpitaient d'un espoir fou.

« Mon cher d'Enneris, dit Van Houben, soudain retourné, je n'ai jamais changé d'opinion : vous seul pouvez me rendre ce qui m'a été volé. »

Une voiture venait d'entrer dans la cour. On y installa Fagerault. Les trois agents prirent place autour de lui, et Béchoux leur dit, à voix basse :

« Ouvrez l'œil... pas tant sur celui-là que sur d'Enneris, quand le moment sera venu... On le tient, on ne le lâchera pas, hein ? »

Puis Béchoux rejoignit d'Enneris. M. de Mélamare avait téléphoné pour contremander le notaire. Gilberte avait mis un manteau et un chapeau. Ils montèrent avec Arlette dans l'auto de Van Houben.

« Traverse la Seine au bout des Tuileries, ordonna Jean, et file à droite par la rue de Rivoli. »

On se taisait. Avec quelle passion anxieuse Gilberte et Adrien de Mélamare attendaient les événements ! Pourquoi cette course en auto ? Vers quoi allait-on ? Comment la vérité se traduirait-elle ?

D'Enneris murmura, d'un ton assourdi, en ayant l'air de se parler à soi-même plutôt que de renseigner ceux qui l'écoutaient :

« Le secret des Mélamare ! combien j'y ai réfléchi ! Dès le début, dès l'enlèvement de Régine et d'Arlette, j'ai eu l'intuition qu'on se trouvait en face d'un de ces problèmes où le présent ne s'explique que par un passé déjà lointain... Et ces problèmes, tant de fois ils m'ont captivé ! et tant de fois je les ai résolus ! Un point me parut tout de suite hors de discussion : M. et Mme de Mélamare ne pouvaient être coupables. Dès lors devait-on croire que d'autres gens utilisaient leur hôtel pour l'exécution de leurs desseins ? Ce fut la thèse d'Antoine Fagerault. Mais l'intérêt de Fagerault était que l'on crût cela et que la justice s'égarât dans cette direction. Et, d'autre part, pouvait-on admettre qu'Arlette et que Régine eussent été amenées dans ce salon sans attirer l'attention de M. et de Mme de Mélamare, de François et de sa femme ? »

Il se tut un moment. Adrien de Mélamare, penché sur lui, le visage crispé, chuchota :

« Parlez... Parlez... je vous en supplie. »

Il répondit lentement :

« Non... ce n'est pas par paroles que vous devez apprendre la vérité... Ne me pressez pas... »

Et il continuait :

« Elle est si simple, cependant ! Je me demande comment elle ne s'est jamais présentée à l'esprit de ceux qui l'ont cherchée, ainsi qu'une ombre fuyante. Pour moi, l'étincelle a résulté du choc des quelques faits que j'ai rappelés. Ajoutons, si vous voulez, ces vols bizarres dont vous avez été victime, cette disparition de menus objets sans importance, qui semble inexplicable, et qui a une telle signification ! Car enfin, si l'on a volé des objets sans valeur réelle, c'est qu'ils ont une valeur spéciale pour ceux qui les volent ! »

Il se tut de nouveau. Le comte eut un accès d'impatience. À l'instant de savoir, il était torturé par le besoin effréné de savoir tout de suite. Gilberte aussi souffrait vivement. D'Enneris leur dit :

« Je vous en prie... Les Mélamare ont attendu plus d'un siècle. Qu'ils attendent encore quelques minutes ! Rien au monde ne peut plus s'interposer entre eux et la vérité qui les affranchira. »

Il se tourna vers Béchoux et plaisanta :

« Tu commences à comprendre, hein, mon vieux Béchoux ? ou du moins à entrevoir une toute petite lueur ? Non, ça n'y est pas encore ? Dommage... C'est un bien beau secret, original, savoureux, impénétrable, clair comme du cristal et obscur comme la nuit. Mais, n'est-ce pas ? les plus beaux secrets, c'est comme l'œuf de Christophe Colomb... il faut y penser. Tourne à gauche, Van Houben. Nous approchons. »

On tourna par des rues étroites, irrégulières et enchevêtrées. Tout un vieux quartier de commerce et de petite industrie, avec des entrepôts et des ateliers établis dans de vieilles bâtisses. De temps à autre, on apercevait un balcon de fer forgé, de hautes fenêtres, et, par les portes grandes ouvertes, de larges escaliers à rampe de chêne.

« Ralentis, Van Houben. Bien... Et puis arrête-toi tout doucement le long du trottoir de droite. Encore quelques mètres. Nous sommes arrivés. »

Il descendit, aida Gilberte et Arlette à descendre.

L'auto des policiers vint se ranger derrière celle de Van Houben.

« Qu'ils ne bougent pas encore, dit Jean à Béchoux, et assure-toi qu'Antoine dort toujours. Tu le feras transporter dans deux ou trois minutes. »

On se trouvait alors dans une rue sombre, orientée de l'ouest vers l'est, et bordée à gauche d'immeubles qui servaient de dépôt à des fabriques de pâtes et de conserves alimentaires. À droite, quatre petites maisons s'alignaient, toutes égales et semblables, pauvres d'aspect, et dont les fenêtres sans rideaux, et aux carreaux sales, ne donnaient pas l'impression qu'il y eût des habitants. Une porte basse se dessinait dans le vantail d'une porte cochère à deux battants, jadis verts mais absolument délavés, et où traînaient encore des lambeaux d'affiches électorales.

Le comte et Gilberte regardaient, indécis et soucieux. Qu'allait-on faire là ? Qui venait-on y retrouver ? Comment concevoir que le mot de l'énigme pût être en cet endroit précis et derrière cette porte où il semblait que personne ne passât jamais ?

D'Enneris tira de sa poche une clef fine, longue, brillante, de travail moderne, et qu'il introduisit dans une fente placée à hauteur d'un verrou de sûreté.

Il observa ses compagnons et sourit. Ils étaient, tous quatre, pâles et contractés. Vraiment leur vie était suspendue aux moindres gestes de l'homme qui les dominait. Sans raison légitime, ils attendaient quelque chose d'extraordinaire, ne pouvaient concevoir qu'il en fût ainsi, mais se soumettaient à l'inévitable parce qu'Arsène Lupin tenait le rideau qui leur cachait encore le paysage inconnu.

Alors il tourna la clef, et, s'effaçant devant eux, d'un coup les fit entrer.

Gilberte poussa un cri de stupeur et s'appuya sur son frère. Celui-ci chancela.

Jean d'Enneris dut les soutenir.

XI

LA VALNÉRY, FILLE GALANTE

Miracle incompréhensible ! Dix minutes *après avoir quitté la cour d'honneur de l'hôtel Mélamare, on se retrouvait dans la cour d'honneur de l'hôtel Mélamare.* Et cependant on avait traversé la Seine, et on ne l'avait traversée qu'une fois ! Et cependant on n'avait pas bouclé un circuit qui eût permis de retourner au point de départ. Et cependant, après avoir franchi une distance d'environ trois kilomètres depuis la rue d'Urfé (trois kilomètres, c'est-à-dire à peu près la longueur du Paris d'autrefois entre les Invalides et la place des Vosges), *on pénétrait dans la cour d'honneur de l'hôtel Mélamare.*

Oui, un miracle ! Il fallait un effort de logique et de raison pour dédoubler les deux visions et pour que l'esprit s'installât tour à tour dans deux endroits différents. Le coup d'œil initial et la pensée instinctive ne faisaient des deux spectacles qu'un seul, qui était à la fois là-bas et ici, près des Invalides et près de la place des Vosges.

Et cela provenait de ce fait qu'il n'y avait point seulement identité des choses, analogie absolue des lignes et des couleurs, similitude des deux façades d'hôtel qui s'élevaient au fond des deux cours d'honneur, mais qu'il y avait surtout ce que le temps avait créé, une même atmosphère, une même âme qui flottait entre les murs d'un rectangle étroitement limité, baigné par l'air un peu humide d'un fleuve proche.

C'étaient évidemment les mêmes pierres de taille, apportées de la même carrière et sciées aux mêmes dimensions, mais elles avaient, en outre, reçu des années la même patine. Et les intempéries avaient donné aux mêmes pavés, dans le sillon d'herbe qui les encadrait par places, le même aspect séculaire, et aux toitures que l'on apercevait les mêmes teintes verdâtres.

Gilberte murmura, toute défaillante :

« Mon Dieu ! Est-ce possible ! »

Et l'histoire de sa famille opprimée apparaissait aux yeux d'Adrien de Mélamare.

D'Enneris les entraîna vers le perron.

« Ma petite Arlette, dit Jean, rappelle-toi ton émoi le jour où je vous ai tous conduits dans la cour des Mélamare. Tout de suite, Régine et toi, vous reconnaissiez les six marches du perron que l'on vous avait fait monter. Or voici quelle était cette cour, et voici le véritable perron.

— C'est le même », dit Arlette.

À n'en pouvoir douter, c'était le même perron, vers lequel ils marchaient, le perron de la rue d'Urfé, composé des six mêmes degrés et surmonté de la même marquise à vitres dépareillées. Et ce fut, lorsqu'ils eurent pénétré dans la demeure mystérieuse, le même vestibule aux dalles de même provenance et de même disposition.

« Les pas y font le même bruit », observa le comte dont la voix résonna de la façon même qu'elle résonnait là-bas, lorsqu'il entrait chez lui.

Il eût voulu voir les autres pièces du rez-de-chaussée. D'Enneris, pressé par l'heure, ne le permit pas et leur fit monter les vingt-cinq marches de l'escalier qu'ornait un même tapis et que bordait la même rampe de fer ouvragé. Le palier... trois portes en face, comme là-bas... puis le salon...

Et leur trouble fut aussi grand que dans la cour d'honneur. C'était plus encore que de l'atmosphère identique accumulée au creux d'une pièce, c'était l'identité absolue des meubles et des bibelots, la même usure des étoffes, la même nuance des tapisseries, les mêmes dessins du parquet, le même lustre, les mêmes girandoles, les mêmes entrées de commode, les mêmes bobèches, la même moitié de cordon de sonnette.

« C'est bien ici, Arlette, qu'on a voulu t'enfermer, hein ? dit Jean. Comment ne te serais-tu pas trompée ?

— C'est ici aussi bien que là-bas, répondit-elle.

— C'est ici, Arlette. Voici la cheminée que tu as escaladée, la bibliothèque où tu t'es couchée. Viens voir la fenêtre par où tu t'es échappée. »

À travers cette fenêtre, il lui montra le jardin planté d'arbustes et bordé de hautes murailles qui le dissimulaient aux voisins. À l'extrémité, se dressait le pavillon abandonné, et courait le mur plus bas que perçait la petite porte de service qu'Arlette avait pu ouvrir.

« Béchoux, ordonna d'Enneris, amène-nous Fagerault ici. Il est préférable que ton auto vienne jusqu'au perron et que tes agents attendent ensuite. Nous aurons besoin d'eux. »

Béchoux se hâta. Le bruit de la porte cochère retentit selon le même grondement qu'à la rue d'Urfé. L'auto résonna de la même manière.

En montant, Béchoux dit vivement à l'un de ses hommes :

« Tu installeras tes deux camarades en bas, dans le vestibule, et tu fileras jusqu'à la Préfecture où tu demanderas pour moi trois agents de secours. Service urgent. Tu les amèneras et tu les feras asseoir sur les premières marches de l'escalier du sous-sol dont la porte est là. Nous n'aurons peut-être pas besoin d'eux. Mais la précaution est utile. Et surtout pas un mot d'explication à la Préfecture. Gardons pour nous tout le bénéfice du coup de filet. Compris ? »

On déposa Antoine Fagerault sur un fauteuil. D'Enneris referma la porte.

Le délai de vingt minutes qu'il avait demandé ne

devait pas être dépassé de beaucoup à ce moment. Et de fait, Antoine commençait à s'agiter. D'Enneris dénoua son masque et le jeta par la fenêtre. Puis, s'adressant à Gilberte :

« Ayez l'obligeance, madame, de mettre à l'écart votre chapeau et votre vêtement. Vous ne devez pas vous considérer comme étant ici, madame, mais comme étant chez vous, dans l'hôtel de la rue d'Urfé. Pour Antoine Fagerault, nous n'avons pas quitté la rue d'Urfé. Et j'insiste de la façon la plus pressante pour que personne ne prononce une parole qui soit en contradiction avec ce que je dirai. Vous êtes tous, et plus que moi, intéressés à ce que le but que nous poursuivons ensemble soit atteint. »

Antoine respira plus profondément. Il porta la main à son front comme pour chasser ce sommeil insolite qui l'accablait. D'Enneris ne le quittait pas des yeux. Le comte ne put s'empêcher de dire :

« Alors cet homme serait l'héritier de la race ?...

— Oui, fit d'Enneris, de cette race que vous avez toujours pressentie. D'un côté les Mélamare, pensiez-vous, de l'autre leurs persécuteurs invisibles et inconnus. C'était juste, mais insuffisant. L'énigme n'était complète, et par conséquent explicable, que si l'on dédoublait, non seulement ce que j'appellerai l'interprétation du drame, mais aussi le décor lui-même de ce drame, et chacune des pièces qui le constituent, et chacun des meubles qui le composent. Il fallait bien se dire qu'Arlette et Régine avaient réellement vu les objets qui étaient dans votre salon, mais que, réellement, c'étaient ceux-ci que leurs yeux avaient contemplés. »

Il s'interrompit et regarda autour de lui pour s'assurer que tout était bien comme il voulait que ce fût. Et c'est dans cette atmosphère attentive, au milieu de gens maintenus de gré ou de force dans un certain état d'esprit, qu'Antoine Fagerault s'éveilla peu à peu de sa torpeur. La dose de chloroforme était faible. Il recouvra vivement toute sa conscience, du moins assez de conscience pour réfléchir à ce qui s'était passé. Il se souvint du coup de poing reçu. Mais à partir de cet instant, il n'y avait que des ténèbres dans sa mémoire, et il ne put rien discerner de ce qui avait suivi, ni deviner qu'il avait été endormi.

Il articula, songeusement :

« Qu'y a-t-il ? Il me semble que je suis courbaturé et que beaucoup de temps s'est écoulé depuis...

— Ma foi, non, fit d'Enneris, en riant. Dix minutes, pas davantage. Mais nous commencions à nous étonner. Vois-tu un champion de boxe qui resterait évanoui sur le ring pendant dix minutes pour un méchant coup de poing ? Excuse-moi. J'ai frappé plus fort que je n'aurais voulu. »

Antoine lui lança un coup d'œil furieux.

« Je me rappelle, dit-il, tu enrageais parce que, sous ton déguisement, j'avais découvert Lupin. »

D'Enneris parut désolé.

« Comment ! tu en es encore là ! Si ton sommeil n'a duré que dix minutes, en revanche les événements ont marché. Lupin, Barnett, comme c'est vieux ! Personne, ici, ne s'intéresse plus à ces bêtises !

— Qu'est-ce qui intéresse ? demanda Antoine en interrogeant les visages impassibles de ceux qui avaient été ses amis et dont les regards le fuyaient.

— Qu'est-ce qui intéresse ? s'écria Jean. Mais ton histoire ! uniquement ton histoire et celle des Mélamare, puisqu'elles ne font qu'une.

— Elles ne font qu'une ?

— Parbleu ! et peut-être aurais-tu quelque avantage à l'écouter, car tu ne la connais que partiellement et non dans son ampleur. »

Durant les quelques paroles échangées entre les deux hommes, chacun des assistants avait tenu le rôle de silence et d'acquiescement exigé par d'Enneris. Tous se faisaient complices, et aucun d'eux n'avait l'air d'avoir quitté le salon de la rue d'Urfé. Si le moindre doute se fût insinué dans l'esprit d'Antoine Fagerault, il lui eût suffi d'observer Gilberte et son frère pour être sûr qu'il se trouvait chez eux.

« Allons, dit-il, raconte. J'aimerais bien connaître

147

mon histoire vue et interprétée par toi. Ensuite ce sera mon tour.

— De raconter la mienne ?
— Oui.
— D'après les documents que tu as dans ta poche ?
— Oui.
— Tu ne les as plus. »

Antoine chercha son portefeuille et mâchonna un juron.

« Voyou ! tu l'as volé.
— Je t'ai déjà dit que nous n'avons pas le temps de nous occuper de moi. Toi seul, et c'est assez. Maintenant, le silence. »

Antoine se contint. Il croisa les bras, et, la tête tournée de façon à ne pas voir Arlette, il affecta une attitude distraite et dédaigneuse.

Dès lors il parut ne plus exister pour d'Enneris. C'est à Gilberte et à son frère que celui-ci s'adressa. L'heure était venue d'exposer, dans son ensemble et dans ses détails, le secret des Mélamare. Il le fit, sans phrases inutiles, en termes précis, et non pas comme on imagine une hypothèse selon des faits interprétés, mais comme on raconte une histoire d'après des documents indiscutables.

« Je m'excuse si je dois remonter un peu haut dans les annales de votre famille. Mais l'origine du mal est plus lointaine que vous ne pensiez, et lorsque vous étiez obsédés par les deux dates sinistres où sont morts tragiquement vos deux aïeux innocents, vous ignoriez que ces deux dates étaient déterminées par une petite aventure plus ou moins sentimentale qui se place aux trois quarts du XVIIIe siècle, c'est-à-dire à une époque où votre hôtel était déjà construit, n'est-ce pas ? depuis vingt-cinq ans.

— Oui, approuva le comte, une des pierres de la façade porte la date de 1750.

— Or, c'est en 1772 que votre aïeul François de Mélamare, père de celui qui fut général et ambassadeur, grand-père de celui qui mourut dans sa cellule, le remeubla et en fit ce qu'il est exactement aujourd'hui, n'est-ce pas ?

— Oui. Tous les comptes des travaux sont entre mes mains.

— François de Mélamare venait d'épouser la fille d'un riche financier, la très belle Henriette qu'il aimait éperdument et de qui il était fort aimé, et il voulait qu'elle eût un cadre digne d'elle. D'où les dépenses qu'il fit, sans prodigalités inutiles d'ailleurs, mais avec discernement et en s'adressant aux meilleurs artistes. François et la tendre Henriette, selon son expression, furent très heureux ensemble. Aucune femme ne semblait au jeune mari plus belle que la sienne. Rien ne lui semblait de meilleur goût et de plus charmant que les œuvres d'art et les meubles qu'il avait choisis ou commandés pour orner son intérieur. Il passait son temps à les ranger, et à les cataloguer.

« Or, cette vie calme et de plaisirs tout intimes, si elle persista pour la comtesse que l'éducation de ses enfants absorbait, se trouva par la suite quelque peu désorganisée du côté de François de Mélamare. La mauvaise chance voulut qu'il s'amourachât d'une fille de théâtre, la Valnéry, toute jeune, jolie, spirituelle, ayant un très petit talent et de très grandes ambitions. En apparence, aucun changement. François de Mélamare gardait à sa femme toute son affection, tout son respect et, comme il le disait, les sept huitièmes de son existence. Mais chaque matin, de dix heures à une heure, sous prétexte de promenade ou de visites aux ateliers de peintres célèbres, il allait dîner avec sa maîtresse. Et il prenait de telles précautions que la tendre Henriette n'en sut jamais rien.

« Une seule chose altérait la satisfaction de l'époux volage, c'était de quitter son cher hôtel de la rue d'Urfé, situé au cœur du faubourg Saint-Germain, et ses bibelots bien-aimés, pour s'établir dans une vulgaire maison où nulle joie ne contentait ses yeux. Infidèle sans remords à sa femme, il souffrait de l'être à sa demeure. Et c'est ainsi que, à l'autre bout du Paris d'alors, dans un quartier d'anciens marais où de riches bourgeois et de grands seigneurs érigeaient leurs maisons de campagne, il fit construire un hôtel en tous points semblable à celui de la rue d'Urfé et qu'il meubla exactement de la façon qu'il avait meublé celui-ci. Le dehors différait, afin que nul ne pût découvrir cette fantaisie de gentilhomme. Mais une fois qu'il avait pénétré dans la cour d'honneur de la Folie-Valnéry, comme il appela sa nouvelle demeure, François pouvait croire que sa vie reprenait dans le milieu qu'il s'était arrangé. La porte se refermait avec le même bruit.

« La cour offrait aux pieds des pavés d'égale provenance, le perron les mêmes marches, le vestibule les mêmes dalles, chaque pièce les mêmes meubles et les mêmes objets. Rien ne le choquait plus dans ses goûts, ni dans ses habitudes. Il était de nouveau chez lui. Il s'y occupait de même façon. Il y continuait ses classements, ses catalogues et ses inventaires, et sa manie devenait telle qu'il n'eût pas souffert que la moindre babiole manquât à l'appel, d'un côté ou de l'autre, ou ne gardât pas sa place coutumière.

« Raffinement délicat, volupté subtile, mais qui devaient, hélas ! le conduire à sa perte et rendre tragique le destin de sa race, durant plusieurs générations. L'anecdote avait passé de bouche en bouche et courait peu à peu les salons et les ruelles. On en jasait : Marmontel, l'abbé Galiani et l'acteur Fleury y font allusion en termes voilés dans leurs mémoires ou dans leurs lettres. Si bien que la Valnéry, que François jusqu'alors avait réussi à tenir dans l'ignorance, en fut avertie.

« Fort offensée, croyant avoir sur son amant un empire sans bornes, elle le contraignit à choisir, non pas entre elle et sa femme, mais entre ses deux hôtels. François n'hésita pas : il choisit son hôtel de la rue d'Urfé et il écrivit à sa maîtresse ce joli billet que Grimm nous a transmis :

« J'ai dix ans de plus, belle Florinde, vous aussi. Ce qui nous fait vingt ans de liaison. Au bout de vingt ans, n'est-il pas préférable de se tirer la révérence ? »

« Il tira donc sa révérence à la Valnéry, en lui laissant l'hôtel de la rue Vieille-des-Marais, et il dit adieu à ses bibelots, avec d'autant moins de regrets qu'il retrouvait ceux-ci chez lui, et qu'il se donnait cette fois sans partage à Henriette.

« Le courroux de la Valnéry fut extrême. Elle fit irruption dans l'hôtel de la rue d'Urfé un jour où, par bonheur, Henriette était absente, et tempêta si bien que François la poussa dehors avec force bourrades et injures.

« Dès lors, elle ne pensa plus qu'à se venger. Trois ans plus tard, la Révolution éclatait. Enlaidie, hargneuse, mais riche encore, elle y joua un rôle, épousa un sieur Martin de l'entourage de Fouquier-Tinville, dénonça le comte de Mélamare qui n'avait pu se résoudre à déloger, et, quelques jours avant Thermidor, le fit monter sur l'échafaud ainsi que la tendre Henriette. »

D'Enneris s'arrêta. On avait écouté ardemment le curieux récit auquel, seul, Fagerault paraissait indifférent. Le comte de Mélamare prononça :

« L'histoire intime de notre aïeul n'est pas venue jusqu'à nous. Mais nous savions, en effet, par tradition orale, qu'une dame Valnéry, actrice de bas étage, l'avait dénoncé ainsi que notre arrière-grand-mère. Pour le reste, tout s'est perdu dans la tourmente, et les archives de notre famille ne nous ont légué que des registres de comptes et des inventaires minutieux.

— Mais le secret, reprit d'Enneris, demeura vivant dans la mémoire de la dame Martin. Veuve (car l'ami de Fouquier-Tinville fut à son tour guillotiné), elle s'installa dans l'ancienne Folie-Valnéry et vécut fort retirée, avec un fils qu'elle avait eu de son mariage, et à qui elle enseigna la haine du nom de Mélamare. La mort de François et de sa femme ne l'avait point assouvie, et la gloire que l'aîné de la famille, Jules de Mélamare, s'acquit à l'armée sous Napoléon, et, plus tard, sous la Restauration, dans de grands postes diplomatiques, fut pour elle une cause sans cesse renouvelée de rage et de rancune. Acharnée à sa perte, elle le guetta toute sa vie, et, lorsque, chargé d'honneurs, il rouvrit l'hôtel de la rue d'Urfé, elle organisa le complot ténébreux qui devait le mener en prison.

« Jules de Mélamare succomba aux preuves effroyables accumulées contre lui. Il était accusé d'un crime qu'il n'avait pas commis, mais qui avait été commis dans un salon qui fut reconnu comme le sien, parmi des meubles qui étaient les siens, en face d'une tapisserie qui était la sienne. Pour la seconde fois, la Valnéry se vengeait.

« Vingt-deux ans plus tard, elle mourait, presque centenaire. Son fils l'avait précédée dans la tombe. Mais elle laissait un petit-fils âgé de quinze ans, Dominique Martin, qu'elle avait dressé à la haine et au crime, et qui savait par elle ce qu'on pouvait faire avec le secret du double hôtel Mélamare. Il le prouva en ourdissant à son tour, avec une maîtrise infinie, la machination qui détermina le suicide d'Alphonse de Mélamare, officier d'ordonnance de Napoléon III, accusé d'avoir assassiné deux femmes dans un salon qui ne pouvait être que celui de la rue d'Urfé. Ce Dominique Martin, c'est le vieillard tragique que cherche la justice, et c'est le père de Laurence Martin. Le véritable drame commence. »

Selon l'expression de d'Enneris, le véritable drame commençait. Auparavant, ce n'était que prologue et préparation. Voilà que l'on sortait de ces temps lointains où toute histoire prend figure de légende, pour entrer dans la réalité d'aujourd'hui. Les acteurs existaient encore. Le mal qu'ils faisaient, on en sentait la blessure directe.

D'Enneris continua :

« Ainsi deux êtres seulement relient le dernier quart du XVIIIe siècle aux premières années du XXe. Par-dessus tout un siècle, la maîtresse de François de Mélamare donne la main au meurtrier du conseiller municipal Lecourceux. Elle lui passe la consigne. Elle lui insuffle son ressentiment.

« L'œuvre reçoit une impulsion nouvelle... La haine est égale. Mais ce qu'il y a en Dominique Martin d'exécration atavique et instinctive s'allie avec une force qui, jusqu'ici, n'avait pas joué, le besoin d'argent. Le coup exécuté contre Alphonse de Mélamare, officier d'ordonnance, se doublait de rapine et d'escroquerie. Mais le bénéfice recueilli, de même que l'héritage de l'aïeule, tout cela, Dominique l'a tout de suite dilapidé. Il vit donc d'expédients et de vols. Seulement, comme il n'a plus pour soutenir ses entreprises cette sorte d'alibi que lui fournissait l'hôtel de la rue d'Urfé, comme cet hôtel est clos, barricadé, et que la famille de Mélamare, durant plus d'une génération, s'est réfugiée en province, il ne peut monter aucune affaire de grande envergure et moins encore attaquer ses ennemis héréditaires.

« Je ne saurais dire au juste quels furent, à cette époque, les moyens d'existence de Dominique et le détail des opérations assez peu fructueuses qu'effectuent quelques amis enrôlés sous sa direction. Il s'est marié, dès le début, avec une très honnête femme, qui meurt de chagrin, semble-t-il, lui laissant trois filles, Victorine, Laurence et Félicité, lesquelles grandissent et s'élèvent comme elles peuvent dans l'hôtel de la Valnéry. De bonne heure, Victorine et Laurence le secondent dans ses expéditions. Félicité, qui tient de sa mère une nature probe, s'enfuit plutôt que d'obéir, épouse un brave homme du nom de Fagerault, et le suit en Amérique.

« Une quinzaine d'années s'écoulent. Les affaires ne marchent pas bien. À aucun prix, Dominique et ses deux filles ne veulent vendre le vieil hôtel, seul reliquat de l'héritage. Ni cession, ni même hypothèques. Il faut rester libre, être chez soi, et à même de profiter de la première occasion. Et comment ne pas espérer ? L'autre hôtel, celui de la rue d'Urfé, s'est ouvert de nouveau. Le comte Adrien de Mélamare et sa sœur Gilberte oublient les leçons redoutables du passé et viennent habiter Paris. Ne pourra-t-on pas utiliser leur présence et recommencer contre eux ce qui a réussi contre Jules et Alphonse de Mélamare ?

« C'est à ce moment que le destin se prononce. Félicité, celle des filles de Dominique qui s'est exilée en Amérique, meurt à Buenos Aires, ainsi que son mari. Un fils est né de leur union. Il a dix-sept ans. Il est pauvre. Que fera-t-il ? L'envie lui prend de connaître Paris. Un beau jour, sans crier gare, il sonne chez son grand-père et chez ses tantes. La porte s'entrebâille :

« — Que voulez-vous ? Qui êtes-vous ?

« — Antoine Fagerault. »

À l'appel de son nom, Antoine Fagerault, qui dissimulait mal l'intérêt croissant qu'il prenait à la sombre histoire de sa famille, tourna légèrement la tête, haussa les épaules, et ricana :

— Qu'est-ce que c'est que tous ces commérages ? Où as-tu ramassé ton tas de vilenies ? La Valnéry ? l'hôtel de la rue Vieille-des-Marais ? Les deux maisons ?... Jamais entendu parler de toutes ces bêtises... Vrai, tu en as de l'invention. »

D'Enneris ne releva pas l'interruption d'Antoine. Méthodiquement, il poursuivit :

« Antoine Fagerault arrive en France, ne connaissant du passé que ce qu'on peut et ce qu'on veut lui en raconter, c'est-à-dire pas grand-chose. C'est un bon jeune homme, intelligent, qui adorait sa mère et qui ne demande qu'à vivre selon les principes qu'elle lui a inculqués. Son grand-père et ses tantes se gardent bien de le prendre de front. Ils gagnent du temps, ayant vite deviné que le jeune homme, si doué qu'il soit, est nonchalant, paresseux et fort enclin à la dissipation. Sur ce chapitre, au lieu de le retenir, ils l'encouragent. « Amuse-toi, mon petit, va dans le monde. Fais-toi des relations utiles. Dépense de l'argent. Quand il n'y en a plus on en trouve. » Antoine dépense, joue, s'endette et, peu à peu, à son insu, glisse vers certaines compromissions, jusqu'au jour où ses tantes lui annoncent qu'on est ruiné et qu'il faut travailler. L'aînée des deux sœurs, Victorine, ne travaille-t-elle pas, elle ? Ne tient-elle pas boutique de revendeuse, rue Saint-Denis ?

« Antoine renâcle. Travailler ? N'y a-t-il pas mieux à faire quand on a vingt-quatre ans, qu'on est adroit comme lui, sympathique et joli garçon, et que la vie vous a débarrassé de quelques scrupules gênants ? Sur quoi, les deux sœurs le mettent au courant du passé, lui racontent l'histoire de François de Mélamare et de la Valnéry, lui révèlent le secret des deux hôtels semblables, et, sans faire allusion aux assassinats, lui indiquent la possibilité de quelque affaire fructueuse. Deux mois plus tard, Antoine a si bien manœuvré qu'il s'est présenté à la comtesse de Mélamare et son frère Adrien, et dans des conditions si favorables pour lui qu'il est introduit dans l'hôtel de la rue d'Urfé. Dès lors, l'affaire est toute trouvée. La comtesse Gilberte vient de divorcer. Elle est jolie, riche. Il épousera la comtesse. »

En cet endroit du réquisitoire, Fagerault protesta d'un ton véhément :

« Je ne rétorque pas tes calomnies idiotes. Ce serait m'abaisser. Mais il est une chose que je n'accepte pas, c'est que tu dénatures les sentiments que j'avais pour Gilberte de Mélamare.

— Je ne dis pas non, concéda Jean, sans répondre directement. Le jeune Fagerault est un peu romanesque à l'occasion, et de bonne foi. Mais avant tout, pour lui, c'est une affaire en perspective. Et, comme il faut tenir le coup, paraître à son aise, avoir un portefeuille garni, il exige de ses tantes, à la grande colère du vieux Dominique, que l'on vende quelques bribes du mobilier de l'actrice Valnéry. Et, durant une année, discrètement, il fait sa cour. Peine perdue. À cette époque, le comte n'a guère confiance en lui. Mme de Mélamare, un jour où il se montre trop hardi, sonne son domestique et le met à la porte.

« C'est l'écroulement de ses rêves. Tout est à recommencer, et dans quelles conditions ! Comment sortir de la misère ? L'humiliation, la rancune démolissent en lui ce qui restait d'influence maternelle, et par cette brèche s'infiltrent tous les mauvais instincts de la lignée Valnéry. Il jure de prendre sa revanche. En attendant, il bricole de droite et de gauche, voyage, escroque, fait des faux, et, lorsqu'il passe par Paris, la bourse plate, vend des meubles, malgré d'effroyables discussions avec le grand-père. La vente de ces meubles, signés Chapuis, et leur expédition à l'étranger, n'en avons-nous pas retrouvé les preuves chez un antiquaire, Béchoux et moi ?

« L'hôtel se vide peu à peu. Qu'importe ? L'essentiel, c'est de le conserver et de ne toucher ni au salon, ni à l'apparence de l'escalier, du vestibule et de la cour. Oh ! pour cela, les sœurs Martin sont intransigeantes. Il faut que la similitude entre les deux salons soit absolue, sinon tout peut se découvrir si jamais on dresse l'embûche. Elles possèdent le double des inventaires et des catalogues de François de Mélamare, et elles n'admettent pas qu'un objet manque à l'appel.

« Laurence Martin surtout est acharnée. Elle tient de son père et de la Valnéry les clefs de la rue d'Urfé, c'est-à-dire les clefs de l'hôtel Mélamare. À diverses reprises, la nuit, elle y pénètre. Et c'est ainsi que, un jour, M. de Mélamare s'aperçoit que certaines petites choses ont disparu. Laurence est venue. Elle a coupé un cordon de sonnette, parce que, chez elle, la moitié de ce même cordon n'existe plus. Elle a dérobé une bobèche et une entrée de commode, parce que, chez elle, ces mêmes objets ont été égarés. Et ainsi de suite. Butin sans valeur ? Certes, au point de vue intrinsèque. Mais il y a sa sœur aînée, Victorine. Et, pour celle-ci, qui est revendeuse, tout a une valeur. Elle écoule une partie des objets au marché aux Puces, où le hasard me conduit, une autre dans sa boutique où m'amènent mes recherches et où j'aperçois enfin Fagerault.

« À ce moment tout va mal. Plus le sou chez les Martin. On ne mange même pas à son appétit. Il n'y a presque plus rien à vendre, et, autour de ce qui reste, le grand-père fait bonne garde. Que va-t-on devenir ? C'est alors que s'organise à l'Opéra, avec force réclames, la grande fête de charité. Dans le cerveau inventif de Laurence Martin germe l'idée d'un coup le plus audacieux : on volera le corselet de diamants.

« Ah merveille ! Antoine Fagerault s'enflamme. En vingt-quatre heures, il prépare tout. Le soir venu, il pénètre dans les coulisses, met le feu à ses gerbes de fausses fleurs, enlève Régine Aubry et la jette dans une auto volée. Coup de maître qui aurait pu ne pas avoir d'autres suites que l'escamotage du corselet, effectué dans l'auto. Mais Laurence Martin a voulu plus que cela, elle. L'arrière-petite-fille de la Valnéry n'a pas oublié. Pour donner à l'aventure toute sa signification héréditaire, elle a voulu que le vol fût exécuté dans le salon de la rue Vieille-des-Marais, dans ce salon qui est pareil à celui des Mélamare. N'est-ce pas l'occasion, en effet, si l'on est découvert, de diriger l'enquête vers la rue d'Urfé et de renouveler contre le comte actuel ce qui a réussi contre Jules et Alphonse de Mélamare ?

« Le vol, donc, a lieu dans le salon de la Valnéry. Comme la comtesse, Laurence exhibe à son doigt une bague à trois petites perles disposées en triangle. Comme la comtesse, elle est vêtue d'une robe prune garnie de velours noir. Comme le comte, Antoine Fagerault porte des guêtres claires... Deux heures après, Laurence Martin s'introduit chez les Mélamare et cache la tunique d'argent dans un des livres de la bibliothèque où, quelques semaines plus tard, preuve irrécusable, le brigadier Béchoux, amené par moi, la trouve. Le comte est arrêté. Sa sœur se sauve. Pour la troisième fois, les Mélamare sont déshonorés. C'est le scandale, la prison, bientôt le suicide, et, pour les descendants de la Valnéry, l'impunité. »

Personne n'avait interrompu les explications de Jean. Il les poursuivait d'un ton plus sec, scandant les phrases avec la main, et chacun revivait la ténébreuse histoire dont les péripéties se déroulaient enfin dans la logique et dans la clarté.

Antoine se mit à rire, et son rire fut assez naturel.

« C'est très amusant. Tout cela se tient bien. Un vrai roman-feuilleton avec rebondissements et coups de théâtre. Tous mes compliments, d'Enneris. Par malheur, en ce qui me concerne, et sans même insister sur ma soi-disant parenté avec les Martin et sur l'ignorance absolue où je suis de ce second hôtel dont tu parles et qui n'existe que dans ton imagination fertile, par malheur mon rôle est rigoureusement le contraire de celui que tu m'attribues. Je n'ai jamais enlevé personne, ni volé aucun corselet de diamants. Tout ce que mes amis Mélamare, tout ce qu'Arlette, tout ce que Béchoux et toi-même vous avez pu voir de mes actes, n'est que probité, désintéressement, assistance et amitié. Tu tombes mal, d'Enneris. »

Objection juste, par certains côtés, et qui ne manqua pas de frapper le comte et sa sœur. La conduite extérieure de Fagerault avait toujours été irréprochable. Et, d'autre part, il pouvait ignorer l'existence de ce second hôtel. D'Enneris ne se déroba pas et répondit, toujours de manière indirecte :

« Il y a des figures qui trompent et des manières d'être qui vous induisent en erreur. Pour moi, je ne me suis jamais laissé prendre à l'air loyal du sieur Fagerault. Dès la première fois où je l'aperçus dans la boutique de sa tante Victorine, je pensai que c'était lui notre adversaire, et lorsque, le soir, dissimulé derrière la tapisserie ainsi que Béchoux, je l'écoutai parler, mon doute devint une certitude. Le sieur Fagerault jouait un rôle. Seulement j'avoue que, précisément, à partir du jour où je le vis, sa conduite me dérouta. Voilà que, tout à coup, cet adversaire semblait en contradiction avec lui-même et avec les plans que je lui attribuais. Voilà qu'il défendait les Mélamare au lieu de les attaquer, et que, en quelque sorte, il changeait de camp. Que se passait-il donc ? Oh ! une chose fort simple. Arlette, notre jolie et douce Arlette, était entrée dans sa vie. »

Antoine haussa les épaules en riant.

« De plus en plus drôle. Voyons, d'Enneris, est-ce qu'Arlette pouvait changer ma nature ? et faire que je sois le complice de gredins que je poursuivais avant toi et que je traquais ? »

D'Enneris répondit :

« Arlette était entrée dans sa vie depuis quelque temps déjà. Vous vous rappelez, monsieur de Mélamare, que, attiré par la ressemblance d'Arlette avec une fille que vous avez eue et qui est morte, vous l'avez suivie plusieurs fois. Or, Antoine, qui vous surveillait souvent, soit directement, soit par l'intermédiaire de ses tantes, remarqua celle que vous suiviez, l'accompagna de loin jusqu'à sa demeure, rôda dans l'ombre, et même essaya de l'aborder, un soir qu'elle était sortie. La curiosité du début devenait un sentiment plus vif qui croissait à chaque rencontre. N'oublions pas que le sieur Antoine est un sentimental capable de mêler des rêves romanesques à ses spéculations. Mais c'est aussi un amoureux qui n'aime pas rester en chemin. Enhardi par l'enlèvement de Régine, il n'hésite pas. D'accord avec Laurence Martin, et bien que celle-ci estime l'acte dangereux, il enlève Arlette.

« Il comptait ainsi la séquestrer, la tenir à sa disposition, et profiter d'un jour de lassitude. Espoir vain. Arlette s'enfuit. Il éprouve alors un vrai désespoir. Oui, durant quelques jours, il souffre réellement. Il ne peut plus se passer d'elle. Il veut la voir. Il veut se faire aimer. Et, un beau soir, ayant brusquement bouleversé tous ses projets, il vient trouver Arlette et sa mère. Il se présente comme ancien ami des Mélamare. Il affirme que le comte et la comtesse sont innocents. Arlette veut-elle l'aider à prouver cette innocence ?

« Vous voyez, n'est-ce pas, monsieur de Mélamare, le parti qu'il va tirer de ce nouveau jeu, et comment il s'en acquitte. D'un coup, il a gagné les sympathies d'Arlette, heureuse de réparer son erreur, il collabore avec elle, il conquiert la reconnaissance de votre sœur, la persuade de se livrer à la justice, lui offre un plan de défense et la sauve ainsi que vous. Tandis que, déconcerté, je perds mon temps à réfléchir, il est chez lui dans votre salon. On le fête comme un bon génie. Il propose des millions (qu'est-ce que ça lui coûte ?) pour donner corps aux rêves généreux d'Arlette et, soutenu par ceux qu'il a tirés du gouffre, il obtient d'Arlette une promesse de mariage. »

XII

ARSÈNE LUPIN

Antoine s'était approché. Toute sa conduite était mise en lumière avec une telle violence, sans qu'un seul acte demeurât dans l'ombre, qu'il commençait à perdre son air d'indifférence ironique. Il faut se rappeler, en outre, que le chloroforme l'a mis en état de dépression physique, que son système nerveux est ébranlé, et surtout qu'il se bat avec un adversaire dont il ne soupçonnait ni la puissance ni la documentation à son égard. Planté en face de Jean, il frémissait d'une colère qu'il ne pouvait exhaler, et, contraint par une force supérieure à la sienne d'écouter jusqu'au bout, il balbutiait des phrases rageuses.

« Tu mens ! Tu n'es qu'un misérable ! C'est la jalousie qui te dresse contre moi.

— Peut-être, s'écria d'Enneris, en se tournant brusquement vers lui, et en acceptant enfin ce duel direct qu'il refusait jusqu'ici. Peut-être, puisque j'aime aussi Arlette. Mais tu n'avais pas que moi comme ennemi. Tes vrais ennemis maintenant, ce sont tes complices d'autrefois. C'est ton grand-père, ce sont tes tantes, lesquels demeurent inébranlablement fidèles au passé, tandis que toi tu essaies de te régénérer.

— Je ne les connais pas, ces complices ! s'exclama Antoine Fagerault, ou je ne les connaissais alors que comme adversaires, et je luttais pour les écarter.

— Tu luttais parce qu'ils te gênent, que tu as peur d'être compromis, et que tu aurais voulu les réduire à l'impuissance. Mais des malfaiteurs, ou plutôt des maniaques comme eux, rien ne pouvait les désarmer. Ainsi il y a un projet municipal qui consiste à élargir dans le quartier dit du Marais un certain nombre de rues, dont la rue Vieille-des-Marais. S'il est exécuté, la nouvelle rue passe à travers l'hôtel de la Valnéry. Or, cela, ni Dominique Martin ni ses filles ne peuvent l'admettre. La vieille demeure est intangible. C'est la chair de leur chair, le sang de leurs veines. Tout plutôt qu'une destruction qui leur semble un sacrilège. Laurence Martin entame des pourparlers avec un conseiller municipal de réputation assez équivoque. Prise au piège, elle s'enfuit, et le vieux Dominique tue M. Lecourceux d'un coup de revolver.

— Qu'en savais-je ? protesta Antoine. C'est toi qui m'as appris cet assassinat.

— Soit. Mais l'assassin était ton grand-père, et Laurence Martin sa complice ! Et le jour même, ils dirigent leurs attaques vers celle que tu aimes et qu'ils ont condamnée. En effet, si tu n'avais pas connu Arlette, et si ta volonté n'était pas de l'épouser malgré eux, tu n'aurais pas trahi la cause de la famille. Tant pis pour Arlette. Lorsque quelqu'un vous gêne, on le supprime. Attirée dans un garage isolé, Arlette eût été brûlée vive par le feu qu'ils allument, si tu n'étais arrivé à temps.

— Donc, en ami d'Arlette ! proféra Fagerault, et en ennemi acharné de ces gredins.

— Oui, mais ces gredins, c'est ta famille.

— Mensonge !

— C'est ta famille. Tu as beau, le soir même, au cours d'une scène que tu as avec eux et dont j'ai les preuves, leur reprocher leurs crimes et hurler que tu ne veux pas tuer, tu as beau leur défendre de toucher à un seul des cheveux d'Arlette, tu es solidaire de ton grand-père et de tes tantes.

— On n'est pas solidaire de bandits ! protesta Fagerault, qui, à toutes les attaques, cédait du terrain.

— Si, quand on a été leur complice, qu'on a volé avec eux.

— Je n'ai pas volé.

— Tu as volé les diamants, et, qui plus est, tu les gardes pour toi, et cachés. La part de butin qu'ils te réclament, tu la leur refuses. Et c'est là aussi ce qui vous jette les uns contre les autres, comme frappés de démence. Entre vous, c'est la guerre à mort. Traqués par la justice, effrayés, croyant que tu es capable de les livrer, ils abandonnent leur hôtel et se réfugient dans un pavillon de banlieue qui leur appartient. Mais ils ne lâchent pas prise. Ils veulent les diamants ! Et ils veulent sauver la demeure de la race ! Et ils t'écrivent ou te téléphonent. Deux nuits de suite, il y a rendez-vous dans les jardins du Champ-de-Mars. On ne s'accorde pas ! Tu refuses de partager et tu refuses de renoncer à ton mariage. Alors les trois emploient l'argument suprême : ils essaient de te tuer. Dans l'ombre du jardin, la lutte est implacable. Plus jeune et plus fort, tu en sors vainqueur, et Victorine Martin te serrant de trop près, tu t'en débarrasses d'un coup de couteau. »

Antoine chancela et devint livide. L'évocation de cette minute effroyable le bouleversait. Son front dégouttait de sueur.

« Désormais, il semble que tu n'as plus rien à craindre. Sympathique à tous, confident de M. et Mme de Mélamare, ami de Van Houben, conseiller de Béchoux, tu es le maître de la situation. Tes desseins ? Te délivrer du passé en laissant exproprier et détruire l'hôtel de la Valnéry. Rompre définitivement avec les Martin, que tu indemniseras au moment voulu. Redevenir honnête. Épouser Arlette. Acheter l'hôtel de la rue d'Urfé. Et, de la sorte, réunir en toi les deux races ennemies et jouir, sans remords et sans appréhension, de cette demeure et de ces meubles dont les « doubles » ne seront plus prétexte à vol et à forfait. Voilà ton but.

« Un seul obstacle, moi ! moi, dont tu connais l'hostilité et dont tu n'ignores pas les sentiments pour Arlette. Aussi, par excès de prudence, et pour ne rien laisser au hasard, tu prends tes précautions et tu cherches à me compromettre. N'est-ce pas le meilleur moyen de te garantir ? N'est-ce pas te défendre que d'accuser ? Et, comme tu as eu soin d'inscrire le nom d'Arsène Lupin sur un papier que tu glisses dans la poche de la revendeuse, tu joues de cette corde nouvelle. Arsène Lupin, c'est Jean d'Enneris. Tu le proclames dans les journaux. Tu lances Béchoux contre moi. De nous deux qui gagnera la partie ? Qui des deux fera que l'autre soit arrêté le premier ? Toi, évidemment, n'est-ce pas ? Tu es tellement sûr de la victoire que tu me provoques ouvertement. Le dénouement approche. C'est une question d'heures, une question de minutes. Nous sommes l'un en face de l'autre, et sous les yeux de la police, Béchoux n'a qu'à choisir entre nous. Le danger est si pressant pour moi que je sens la nécessité de prendre du champ, comme on dit, et de t'envoyer un coup de poing bien placé. »

Antoine Fagerault jeta un regard autour de lui, cherchant un soutien, une sympathie. Mais le comte et sa sœur, ainsi que Van Houben, l'observaient durement. Arlette semblait absente, Béchoux avait un air implacable de policier qui tient sa proie.

Il eut un frisson, et cependant se redressa, cherchant encore à faire face à l'ennemi.

« Tu as des preuves ?

— Vingt. Depuis huit jours, je vis dans l'ombre des Martin, que j'ai réussi à dénicher. J'ai des lettres de Laurence à toi et de toi à Laurence. J'ai des carnets de notes, une sorte de journal écrit par Victorine Martin, la revendeuse, où elle raconte toute l'histoire de la Valnéry et votre histoire à tous.

— Et pourquoi n'as-tu pas encore donné tout cela à la police ? balbutia Antoine en désignant Béchoux du doigt.

— Parce que je voulais d'abord te convaincre devant tous de fourberie et d'ignominie, et parce que je voulais ensuite te laisser un moyen de salut.

— Lequel ?

— Rends les diamants.

— Mais je ne les ai pas ! s'écria Antoine Fagerault avec un sursaut de fureur.

— Tu les as. Laurence Martin t'en accuse. Ils sont cachés.

— Où ?

— Dans l'hôtel de la Valnéry. »

Antoine s'exaspéra :

« Tu le connais donc, cet hôtel inexistant ? Tu la connais cette demeure mystérieuse et fantastique ?

— Parbleu ! Le jour où Laurence a voulu acheter

le conseiller municipal, chargé d'un rapport, et où j'ai su que ce rapport concernait l'élargissement d'une rue, il m'a été facile, connaissant la rue, de trouver l'emplacement d'un vaste hôtel ayant cour par-devant et jardin par-derrière.

— Eh bien, pourquoi ne nous as-tu pas conduits là-bas ? Si tu voulais me confondre et me réclamer les diamants que j'y ai cachés, pourquoi ne sommes-nous pas chez la Valnéry ?

— Nous y sommes, déclara tranquillement d'Enneris.

— Qu'est-ce que tu dis ?

— Je dis qu'il m'a suffi d'un peu de chloroforme pour t'endormir et pour te conduire ici, avec M. et Mme de Mélamare.

— Ici ?

— Oui, chez la Valnéry.

— Mais nous ne sommes pas chez la Valnéry ! Nous sommes rue d'Urfé.

— Nous sommes dans le salon où tu as dévalisé Régine et mené Arlette.

— Ce n'est pas vrai... Ce n'est pas vrai..., marmotta Antoine, éperdu.

— Hein ? ricana d'Enneris, faut-il que l'illusion soit parfaite pour que toi-même, l'arrière-petit-fils de la Valnéry et le petit-fils de Dominique Martin, tu t'y laisses prendre !

— Ce n'est pas vrai ! Tu mens ! Ce n'est pas possible ! » reprenait Fagerault en s'efforçant de discerner entre les objets certaines différences qui n'existaient pas.

Et Jean, impitoyable, reprenait :

« C'est ici ! C'est ici que tu as vécu avec les Martin ! Presque tout l'hôtel est vide. Mais cette pièce a tous ses meubles. L'escalier, la cour ont conservé leur aspect séculaire. C'est l'hôtel de la Valnéry.

— Tu mens ! tu mens ! bégayait Antoine, torturé.

— C'est ici. L'hôtel est cerné. Béchoux est venu de là-bas avec nous. Ses agents sont dans la cour et dans le sous-sol. C'est ici, Antoine Fagerault ! C'est ici que Dominique et que Laurence Martin, obsédés tous deux par la vieille demeure fatidique, revinrent de temps à autre. Veux-tu les voir ? Hein ? Veux-tu assister à leur arrestation ?

— Les voir ?

— Dame ! si tu les vois apparaître, tu admettras bien qu'ils apparaissent chez eux et que nous sommes dans la rue Vieille-des-Marais, et non dans la rue d'Urfé.

— Et on va les arrêter ?

— À moins, plaisanta d'Enneris, que Béchoux s'y refuse... »

Sur la cheminée, la pendule sonna six coups de sa petite voix aigrelette. Et d'Enneris prononça :

« Six heures ! Tu sais comme ils sont exacts. Je les ai entendus, l'autre nuit, qui se promettaient de faire un tour chez eux à six heures exactement. Regarde par la fenêtre, Antoine. Ils entrent toujours par le fond du jardin. Regarde. »

Antoine s'était approché et regardait malgré lui à travers les rideaux de tulle. Les autres aussi, inclinés sur leurs chaises, cherchaient à voir, immobiles et anxieux.

Et, près du pavillon abandonné, la petite porte par où Arlette s'était enfuie fut poussée lentement. Dominique entra d'abord, puis Laurence.

« Ah ! c'est effroyable..., chuchota Antoine. Quel cauchemar !

— Ce n'est pas un cauchemar, ricana d'Enneris. C'est une réalité. M. Martin et Mlle Martin font un tour dans leur domaine. Béchoux, veux-tu avoir l'obligeance de disposer tes acolytes au-dessous de cette pièce ? Tu sais ? la salle aux vieux pots de fleurs. Surtout pas de bruit. À la moindre alerte, M. Martin et Mlle Martin s'évanouiraient comme des ombres. L'hôtel est truqué, je t'en avertis, et il y a, sous le jardin, une issue dérobée qui file vers la rue déserte et qui débouche dans une écurie voisine. Il faut donc attendre qu'ils soient à dix pas des fenêtres. Vous sauterez alors sur eux et vous les tiendrez ficelés, dans la salle. »

Béchoux sortit en hâte. On entendit du vacarme au-dessous. Puis ce fut le silence.

Là-bas, le père et la fille avançaient à pas comptés, avec cette allure des criminels qui n'est peut-être point l'inquiétude, mais qui est l'attention continue où l'on devine l'effort habituel des yeux et des oreilles et le raidissement de tous les nerfs.

« Oh ! c'est effroyable », répéta Antoine.

Mais surtout l'émotion de Gilberte était à son comble. Elle contemplait avec une angoisse indicible la marche lente des deux misérables. Pour elle et pour son frère, qui pouvaient se croire dans leur salon de la rue d'Urfé, Dominique et Laurence étaient les représentants de cette race qui les avait tellement fait souffrir. Ils semblaient sortir du passé ténébreux et venir, une fois de plus, à l'assaut des Mélamare pour les acculer, une fois de plus, au déshonneur et au suicide.

Gilberte glissa de son siège et tomba à genoux. Le comte serrait les poings avec fureur.

« Je vous en conjure, ne bougez pas, fit d'Enneris. Toi, non plus, Fagerault.

— Épargne-les ! supplia celui-ci. Emprisonnés, ils se tueront. Ils me l'ont dit bien souvent.

— Et après ? N'ont-ils pas fait assez de mal ? »

Maintenant on les voyait tous deux bien en face, à quinze ou vingt pas. Ils offraient la même expression austère, plus cruelle chez la fille, plus impressionnante chez le père dont la figure anguleuse, dépouillée de toute humanité, n'avait plus d'âge.

D'un coup, ils s'arrêtèrent. Du bruit ? Quelque chose qui avait remué quelque part ? Ou bien était-ce l'instinct du danger ?

Rassurés, ils repartirent en même temps.

Et ce fut soudain comme une meute qui s'abattit sur eux. Trois hommes avaient bondi et les tenaient à la gorge et aux poignets avant qu'il leur fût loisible d'esquisser un mouvement de fuite ou de résistance. Pas un cri. Quelques secondes après, ils disparaissaient, entraînés vers le sous-sol. Dominique et Laurence, si longtemps recherchés, héritiers invisibles de tant de forfaits demeurés sans châtiment, étaient aux mains de la justice.

Il y eut un moment de silence. Gilberte, agenouillée, priait. Adrien de Mélamare sentait que la pierre du tombeau se soulevait et qu'il pouvait enfin respirer largement. Puis d'Enneris se pencha sur Antoine Fagerault et le saisit à l'épaule.

« C'est ton tour, Fagerault. Tu es le dernier descendant, celui qui représente la race maudite, et, comme les deux autres, tu dois payer la dette séculaire. »

Il ne restait plus rien de l'être heureux en apparence et si insouciant qu'était Antoine Fagerault. En quelques heures, il avait pris un visage de détresse et de ruine. Il tremblait de peur.

Arlette s'approcha et implora d'Enneris.

« Sauvez-le, je vous en prie.

— Il ne peut pas être sauvé, fit d'Enneris. Béchoux veille.

— Je vous en prie, répéta la jeune fille... Il vous suffit de vouloir.

— Mais c'est lui qui ne veut pas, Arlette. Il n'a qu'un mot à dire, et il refuse. »

Dans un sursaut d'énergie, Antoine se releva.

« Que dois-je faire ?

— Où sont les diamants ? »

Et comme Antoine hésitait, Van Houben, hors de lui, le rudoya.

« Les diamants, tout de suite !... Sinon, c'est moi qui te démolis.

— Ne perds pas de temps, Antoine, ordonna d'Enneris. Je te le répète, l'hôtel est cerné. Béchoux est en train de répartir ses hommes, et ils sont plus nombreux que tu ne crois. Si tu veux que je t'arrache à lui, parle. Les diamants ? »

Il le tenait par un bras, Van Houben par l'autre. Antoine demanda :

« J'aurai ma liberté ?

— Je te le jure.

— Que deviendrai-je ?

— Tu t'en iras en Amérique. Van Houben t'enverra cent mille francs à Buenos Aires.

— Cent mille ! Deux cent mille ! s'écria Van Houben qui aurait tout promis, quitte à ne pas tenir... Trois cent mille ! »

Antoine hésitait encore.

« Dois-je appeler ? dit Jean.

— Non... non... attends... voilà... Eh bien, soit... je consens.

— Parle. »

À voix basse, Antoine articula :

« Dans la pièce à côté... dans le boudoir.

— Pas de blagues ! dit Jean, cette pièce est vide. Tous les meubles ont été vendus.

— Sauf le lustre. Le vieux Martin y tenait plus qu'à tout.

— Et tu as caché les diamants dans un lustre !

— Non. Mais j'ai remplacé un certain nombre des plus petits cristaux dans la couronne de dessous... un sur deux, exactement, et j'ai attaché les diamants avec de petits fils de fer, pour faire croire qu'ils étaient percés et enfilés comme les autres pendeloques du lustre.

— Bigre ! c'est rudement fort ce que tu as fait là ! s'exclama d'Enneris. Tu remontes dans mon estime. »

Avec l'aide de Van Houben, il écarta la tapisserie et ouvrit la porte. Le boudoir était vide en effet ; du plafond, seulement, pendait un lustre du XVIIIe tout en chaînettes de cristaux taillés.

« Eh bien, quoi ? fit d'Enneris, avec étonnement. Où sont-ils ? »

Tous trois ils cherchaient, la tête en l'air. Puis Van Houben bégaya, d'une voix défaillante :

« Je n'aperçois rien... les chaînettes de la couronne inférieure sont incomplètes. Voilà tout.

— Mais alors ?... » dit Jean.

Van Houben revint prendre une chaise, la posa sous le lustre et grimpa. Presque aussitôt, il manqua de perdre l'équilibre et de tomber. Il bredouillait :

« Arrachés !... On les a volés encore une fois. »

Antoine Fagerault semblait ahuri.

« Non... voyons... ce n'est pas admissible. Laurence aurait trouvé ?...

— Parbleu, oui ! gémit Van Houben qui pouvait à peine s'exprimer... Vous avez mis un diamant de deux places en deux places, n'est-ce pas ?

— Oui... j'en fais le serment.

— Eh bien, les Martin ont tout pris... Tenez, les fils de fer ont été coupés un à un par une pince... C'est une catastrophe !... On n'a jamais rien vu de pareil !... À la minute où l'on pouvait croire... »

Il retrouva subitement la voix, se mit à courir et s'enfuit vers le vestibule en hurlant :

« Au voleur ! au voleur ! Attention, Béchoux, ils ont mes diamants ! Qu'on les force à parler, les gredins !... On n'a qu'à leur tordre les poignets et à leur écraser les pouces avec des tenailles. »

D'Enneris rentra dans le salon, rabattit la tapisserie et dit à Antoine, en le dévisageant :

« Tu m'assures que tu avais mis les diamants à cet endroit ?

— Dans la nuit même, et ils y étaient encore à ma dernière visite, il y a une semaine, un jour où je savais les deux autres dehors. »

Arlette s'était avancée et murmurait :

« Croyez-le, Jean, je suis certaine qu'il dit la vérité. Et, de même qu'il a tenu sa promesse, vous tiendrez la vôtre. Vous le sauverez. »

D'Enneris ne répondit pas. La disparition des bijoux semblait le déconcerter, et il répétait entre ses dents : « Bizarre... C'est à n'y rien comprendre. Puisqu'ils avaient les diamants, pourquoi revenir ?... Où les ont-ils cachés eux-mêmes ?... »

Mais l'incident ne pouvait retenir plus longtemps son attention, et, comme le comte de Mélamare et sa sœur le pressaient avec autant d'insistance qu'Arlette d'agir en faveur d'Antoine, il changea soudain d'expression, et, le visage souriant, leur dit :

« Allons ! je vois que le sieur Fagerault, malgré tout, vous inspire encore de la sympathie. Il n'est pourtant pas reluisant, le sieur Fagerault. Eh bien, voyons, redresse-toi, mon vieux ! tu as l'air d'un condamné à mort. C'est Béchoux qui te fait peur ? Pauvre Béchoux ! Veux-tu que je te montre comment on se débarrasse de lui, comment on glisse entre les mailles d'un filet, et comment, au lieu d'aller en prison, on s'arrange pour aller coucher en Belgique, dans un bon lit ? »

Il se frotta les mains.

« Oui, en Belgique, et cette nuit même !... Le programme te plaît, hein ? Alors, je frappe les trois coups. »

Il frappa trois fois du pied le parquet. Au troisième coup, la porte s'ouvrit brusquement, et Béchoux surgit d'un bond.

« On ne passe pas », cria-t-il.

Si d'Enneris plaisantait, si l'irruption de Béchoux au signal indiqué lui parut une chose extrêmement drôle, dont il ne manqua point de rire, il n'en fut pas de même pour les autres qui demeurèrent confondus.

Béchoux referma la porte, et, tragique, solennel, comme il l'était toujours en ces moments-là :

« La consigne est absolue. Personne ne sortira de l'hôtel sans ma permission.

— À la bonne heure, approuva d'Enneris, qui s'assit confortablement. J'aime l'autorité. Ce que tu dis est idiot, mais tu le dis avec conviction. Fagerault, tu entends ? Si tu veux aller te promener, il faut d'abord lever le doigt et demander la permission au brigadier. »

Tout de suite Béchoux se mit en colère et s'écria :

« Assez de blagues, toi. Nous avons un compte à régler ensemble, et plus sérieux que tu ne penses. »

D'Enneris se mit à rire.

« Mon pauvre Béchoux, tu es grotesque. Pourquoi traiter tout cela en drame, alors que, par ta présence, tu poses la situation en plein comique. Entre Fagerault et moi tout est réglé. Par conséquent, pas besoin de jouer ton rôle de grand policier et de brandir ton mandat.

— Qu'est-ce que tu chantes ? Qu'est-ce qui est réglé ?

— Tout. Fagerault n'a pas pu nous livrer les diamants. Mais, puisque le vieux Martin et sa fille sont à la disposition de la justice, on est sûr de les avoir. »

Béchoux déclara sans vergogne :

« Je me fous des diamants !

— Ce que tu es grossier ! d'aussi vilaines expressions devant des dames ! En tout cas, nous sommes tous d'accord ici, la question des diamants ne se pose plus, et, sur les insistances du comte de Mélamare, de la comtesse et d'Arlette, j'ai résolu d'être indulgent pour Fagerault.

— Après tout ce que tu nous as raconté de lui ? ricana Béchoux. Après l'avoir démasqué et démoli comme tu l'as fait ?

— Que veux-tu ? Il m'a sauvé la vie, un jour. Ça ne s'oublie pas, ça. En outre, ce n'est pas un mauvais garçon.

— Un bandit !

— Oh ! un demi-bandit, tout au plus, adroit sans grandeur, ingénieux sans génie, et qui essaie de remonter le courant. Bref, un candidat à l'honnêteté. Aidons-le, Béchoux ; Van Houben lui donne cent mille francs, et moi je lui offre une place de caissier en Amérique, dans une banque. »

Béchoux haussa les épaules.

« Balivernes ! J'emmène les Martin au dépôt, et il y a encore deux sièges dans ma voiture.

— Tant mieux ! Tu seras plus à l'aise.

— Fagerault...

— Tu n'y toucheras pas. Ce serait faire du scandale autour d'Arlette. Je ne veux pas. Laisse-nous tranquilles.

— Ah ça mais ! s'écria Béchoux qui s'irritait de plus en plus, tu ne comprends donc pas ce que je t'ai dit ? J'ai deux places avec les Martin, pour que la fournée soit complète.

— Et tu prétends emmener Fagerault ?

— Oui...

— Et qui ?

— Toi
— Moi ! Tu veux donc m'arrêter ?
— C'est fait », dit Béchoux en lui appliquant sur l'épaule une main rude.

D'Enneris joua l'ébahissement.

« Mais il est fou ! Mais on devrait l'enfermer ! Comment ! Je débrouille toute l'affaire. Je turbine comme un forçat. Je te comble de mes bienfaits, je te livre Dominique Martin, je te livre Laurence Martin, je te livre le secret des Mélamare, je te fais cadeau d'une réputation universelle, je t'autorise à dire que c'est toi qui as tout découvert, je te mets à même d'obtenir un grade supérieur et d'être nommé quelque chose comme superbrigadier. Et voilà la façon dont tu me récompenses ? »

M. de Mélamare et sa sœur écoutaient, sans un mot. Où ce diable d'homme voulait-il en venir ? Car, s'il plaisantait, n'est-ce pas qu'il avait ses raisons ? Antoine paraissait moins inquiet. On eût pu croire qu'Arlette avait envie de rire, malgré son angoisse.

Béchoux prononça d'un ton emphatique :

« Les deux Martin ? Sous la surveillance d'un agent et de Van Houben qui ne les lâche pas de l'œil ! En bas, dans le vestibule, trois de mes hommes, les plus solides ! Dans le jardin, trois autres, aussi solides ! Viens voir leurs gueules, et tu verras que ce ne sont pas des gaillards à l'eau de rose. Or, tous, ils ont l'ordre de t'abattre comme un chien si tu essayais de filer. Là aussi la consigne est formelle. Sur un coup de sifflet de moi, tous me rejoignent et on ne te parle que le revolver au poing. »

D'Enneris hocha la tête. Il n'en revenait pas, et répétait :

« Tu veux m'arrêter ! Tu veux arrêter ce gentilhomme qui a nom d'Enneris, ce navigateur célèbre...
— Non, pas d'Enneris.
— Qui alors ? Jim Barnett ?
— Pas davantage.
— En ce cas ?...

— Arsène Lupin. »

D'Enneris pouffa de rire.

« Tu veux arrêter Arsène Lupin ? Ah ! ça, c'est comique. Mais on n'arrête pas Arsène Lupin, mon vieux. Il se serait agi de d'Enneris, ou à la rigueur de Jim Barnett, peut-être. Mais, Lupin ! Voyons, tu n'as pas réfléchi à ce que ça veut dire, Lupin ?...

— Ça veut dire un homme comme les autres, cria Béchoux, et qui sera traité comme il le mérite.

— Ça veut dire, appuya fortement d'Enneris, un homme qui ne s'est jamais laissé embêter par personne, surtout par une mazette de ton espèce ; ça veut dire un homme qui n'obéit qu'à lui-même, qui s'amuse et qui vit comme il lui plaît, qui veut bien collaborer avec la justice, mais à sa façon qui est la bonne. Décampe. »

Béchoux devenait écarlate. Il frémissait de fureur.

« Assez bavardé. Suivez-moi, tous les deux.

— Pas possible.

— Dois-je appeler mes hommes ?

— Ils n'entreront pas dans cette pièce.

— Nous verrons bien.

— Rappelle-toi que c'était un repaire de bandits ici et que la maison est truquée. En veux-tu la preuve ? »

Il tourna la petite rosace d'un panneau.

« Il suffit de tourner cette rosace et les serrures sont bloquées. Ta consigne est que personne ne sorte, la mienne est que personne n'entre.

— Ils démoliront la porte. Ils casseront tout, s'écria Béchoux, hors de lui.

— Appelle-les. »

Béchoux tira de sa poche un sifflet de police à roulette.

« Ton sifflet ne marche pas », fit d'Enneris.

Béchoux souffla de toutes ses forces. Aucun bruit. Rien que du vent qui giclait par la fente.

La gaieté de d'Enneris redoubla.

« Dieu ! que c'est rigolo ! Et tu veux lutter ? Mais voyons, mon vieux, si je suis vraiment Lupin, crois-tu que je serais venu ici en compagnie d'une escouade de policiers sans avoir pris mes précautions ? Crois-tu que je n'avais pas prévu ta trahison et ton ingratitude ? Mais la maison est truquée, mon vieux, je te le répète, et j'en connais tous les mécanismes. »

Et, tout contre Béchoux, il lui jetait au visage :

« Idiot ! tu te lances dans l'aventure comme un fou. Tu t'imagines qu'en accumulant les hommes autour de toi, tu me tiens ! Et l'issue secrète dont je t'ai parlé tout à l'heure, hein ? cette issue de la Valnéry et des Martin, que personne ne connaissait, pas même Fagerault, et que j'ai découverte ? Libre, je suis libre de sortir à ma guise, et Fagerault aussi. Rien à faire là contre. »

Tout en faisant face à Béchoux, il poussait Fagerault derrière lui jusqu'au mur, entre la cheminée et l'une des fenêtres.

« Entre dans l'ancienne alcôve, Antoine, et cherche à droite... Il y a un panneau avec une vieille gravure... Tout le panneau se déplace... Tu y es ? »

D'Enneris surveillait attentivement Béchoux. Celui-ci voulut se servir de son revolver. Il lui étreignit le bras.

« Pas de drame ! Rigole plutôt... c'est si comique ! Tu n'as rien prévu... pas même l'issue dérobée, pas même que je te chiperais ton sifflet à roulette, pour le remplacer par un autre. Tiens, le voilà, le tien. Tu peux t'en servir maintenant. »

Il pirouetta sur lui-même et disparut. Béchoux se heurta contre la cloison. Un éclat de rire répondit à son coup de poing. Puis on entendit quelque chose qui se déclenchait et quelque chose qui claquait.

Si affolé qu'il fût, Béchoux n'hésita pas. Il ne perdit pas de temps à s'abîmer les poings. Ramassant son sifflet, il bondit vers la fenêtre, l'ouvrit et sauta.

Aussitôt dans le jardin, entouré de ses hommes, il siffla, et, tout en courant vers le pavillon abandonné, vers la rue peu fréquentée, où débouchait l'issue secrète, il sifflait encore, à coups vibrants qui déchiraient l'espace.

À la fenêtre, M. et Mme de Mélamare, penchés, attendaient et regardaient. Arlette soupira :

« On ne les prendra pas, n'est-ce pas ? Ce serait trop affreux.

— Non, non, dit Gilberte, qui ne cachait pas son émotion. Non, non, la nuit commence à tomber. Il ne se peut pas qu'on les prenne. »

Tous les trois désiraient éperdument le salut de ces deux hommes, le salut de Fagerault, voleur et bandit, et le salut de d'Enneris, étrange aventurier dont la personnalité ne faisait aucun doute pour eux, et qui, dans toute cette affaire, avait agi de telle façon qu'on ne pouvait pas ne pas se mettre de son parti contre la police.

Une minute tout au plus s'écoula. Arlette redit :

« Ce serait trop affreux s'ils étaient pris. Mais ce n'est pas possible, n'est-ce pas ?

— Impossible ! dit une voix joyeuse derrière elle. On les prendra d'autant moins qu'on les cherche à l'issue d'un souterrain qui n'a jamais existé. »

L'ancienne alcôve s'était rouverte. D'Enneris en était sorti, ainsi que Fagerault.

Et d'Enneris riait toujours, et de si bon cœur !

« Pas d'issue secrète ! Pas de panneau qui glisse ! Pas de serrures bloquées ! Jamais vieille maison ne fut plus loyale et moins truquée que celle-ci. Seulement, voilà, j'ai mis Béchoux dans un tel état de surexcitation nerveuse et de crédulité maladive qu'il était incapable de réfléchir. »

Et, très calme, s'adressant à Antoine :

« Vois-tu, Fagerault, c'est comme pour une pièce de théâtre, il faut soigner sa préparation. Quand la scène est bien préparée, il ne reste plus qu'à procéder par affirmations violentes. Et c'est ainsi que Béchoux, remonté comme un ressort, est parti en bolide dans la direction que je lui avais suggérée, et que toute la police se précipite vers les écuries d'à côté, dont ils vont démolir l'entrée. Regarde-les filer à travers la pelouse. Viens, Fagerault, il n'y a plus de temps à perdre. »

D'Enneris paraissait si calme et il parlait avec tant

d'assurance que toute agitation cessait autour de lui. Aucune menace de danger ne persistait. On évoquait Béchoux et ses inspecteurs en train d'arpenter la rue et de fracturer des portes.

Le comte tendit la main à d'Enneris et lui demanda :

« Vous n'avez pas besoin de moi, monsieur ?

— Non, monsieur. La route est libre durant une ou deux minutes encore. »

Il s'inclina devant Gilberte, qui lui offrit également sa main.

« Je ne vous remercierai jamais assez, monsieur, de ce que vous avez fait pour nous, dit-elle.

— Et pour l'honneur de notre nom et de notre famille, ajouta le comte. Je vous remercie de tout cœur.

— À bientôt, ma petite Arlette, fit d'Enneris. Dis-lui adieu, Fagerault. Elle t'écrira : Antoine Fagerault, caissier à Buenos Aires. »

Il prit dans le tiroir d'une table un petit carton fermé d'un caoutchouc, à propos duquel il ne donna aucune explication, puis il salua une dernière fois et entraîna Fagerault. M. et Mme de Mélamare et la jeune fille les suivaient de loin.

Le vestibule était vide. Au milieu de la cour, on apercevait dans l'ombre croissante les deux autos. L'une, celle de la Préfecture, contenait le vieux Martin et sa fille, ligotés. Van Houben, le revolver au poing, les surveillait, assisté du chauffeur.

« Victoire ! s'écria d'Enneris, en arrivant près de Van Houben. Il y avait, dans un placard, un complice qu'on a pincé. C'est lui qui avait barboté les diamants. Béchoux et ses hommes le poursuivent.

— Et les diamants ? proféra Van Houben, qui n'eut pas un soupçon.

— Fagerault les a retrouvés.

— On les a ?

— Oui, affirma d'Enneris, en montrant le carton qu'il avait pris dans le tiroir et en entrebâillant le couvercle.

— Nom de Dieu ! mes diamants ! Donne.

— Oui, mais d'abord, nous sauvons Antoine. C'est la condition. Conduis-nous dans ton auto. »

Dès l'instant où les diamants étaient retrouvés, Van Houben se fût prêté à toutes les combinaisons. Ils sortirent tous les trois de la cour et sautèrent dans l'auto. Van Houben démarra sur-le-champ.

« Où allons-nous ? dit-il.

— En Belgique. Cent kilomètres à l'heure.

— Soit, dit Van Houben, qui arracha la boîte à d'Enneris et l'empocha.

— Comme tu veux, dit Jean. Mais si nous ne passons pas la frontière avant qu'on ait télégraphié de la Préfecture, je les reprends. Tu es prévenu. »

L'idée qu'il avait ses diamants en poche, la peur de les perdre, l'action irrésistible que d'Enneris exerçait sur lui, tout cela étourdissait Van Houben au point qu'il n'eut pas d'autre pensée que de maintenir sa vitesse au maximum, de ne jamais ralentir, même en traversant les villages, et de gagner la frontière.

On la gagna un peu après minuit.

« Arrête-nous là, dit Jean, deux cents mètres avant la douane. Je vais guider Fagerault pour qu'il n'ait pas d'ennuis, et je te rejoins d'ici une heure. Nous rentrerons aussitôt à Paris. »

Van Houben attendit une heure, il attendit deux heures. C'est seulement alors qu'un soupçon le pénétra comme un coup de stylet. Depuis le départ, il avait examiné la situation sous toutes ses faces, il avait cherché pourquoi d'Enneris agissait ainsi, et comment lui, Van Houben, résisterait si on voulait lui reprendre le carton. Mais, pas une seconde, il n'avait eu l'idée qu'il pouvait y avoir autre chose dans ce carton que ses diamants.

À la lueur d'un phare, la main tremblante, il fit l'examen. Le carton contenait quelques douzaines de cristaux taillés, lesquels cristaux provenaient évidemment du lustre mutilé...

Van Houben retourna directement à Paris, à la même allure. Dupé par d'Enneris et Fagerault, comprenant qu'il n'avait servi qu'à les transporter hors de France, il n'avait plus d'espoir, pour recouvrer ses diamants, que dans les révélations du vieux Martin et de sa fille Laurence.

Mais, en arrivant, il lut dans les journaux que, la veille au soir, le vieux Martin s'était étranglé et que sa fille Laurence s'était empoisonnée.

ÉPILOGUE

ARLETTE ET JEAN

On se souvient de l'impression considérable produite par le double suicide qui termina cette journée lourde d'incidents tragiques, incidents dont la plupart furent connus du grand public, et dont les autres, que l'on devinait ou que l'on cherchait à deviner, surexcitaient sa curiosité. Le suicide des Martin, c'était la fin d'une affaire qui passionnait l'opinion depuis des semaines, et la fin d'une énigme qui, plusieurs fois, au cours des cent dernières années, s'était posée dans des conditions si troublantes. Et c'était aussi la fin du long supplice infligé par le destin à la famille des Mélamare.

Chose imprévue, et naturelle cependant, le brigadier Béchoux ne tira pas de cette journée le bénéfice moral et professionnel qu'il semblait devoir recueillir. Tout l'intérêt se reporta sur d'Enneris, c'est-à-dire Arsène Lupin, puisque, somme toute, la presse, et à sa suite la police, ne voyait qu'un seul et même personnage sous les deux noms. Lupin fut aussitôt le grand héros de l'aventure, celui qui avait déchiffré l'énigme historique, éclairci le mystère des deux hôtels semblables, divulgué toute l'histoire de la Valnéry, sauvé les Mélamare et livré les coupables. Béchoux fut réduit à un rôle de comparse et de subalterne ridicule, bafoué par Lupin, auquel il fournissait naïvement, ainsi que le peu sympathique Van Houben, tous les éléments de cette fuite burlesque vers la frontière belge.

Mais ce en quoi le public innova, allant plus loin que la presse, et plus loin que la police, c'est qu'il attribua instantanément la disparition des diamants à Arsène Lupin. Puisque Lupin avait tout fait, tout préparé et tout réussi, il parut évident qu'il avait tout empoché. Ce que ni Béchoux, ni Van Houben, ni les Mélamare n'avaient entrevu, la foule l'admit aussitôt comme un acte de foi, et cela autant peut-être par logique que parce que rien n'offrait aux événements une conclusion plus amusante que cet escamotage de la dernière heure.

L'exaspération de Béchoux atteignit au paroxysme. Il était trop perspicace pour ne pas reconnaître qu'il avait manqué de clairvoyance, et il ne songea pas une minute à se dérober devant la vérité que le public proclamait spontanément. Mais il courut chez Van Houben et l'accabla de ses reproches et de ses sarcasmes.

« Hein ! je vous l'avais assez dit au début ! Ce démon-là retrouvera les diamants, mais vous, Van Houben, vous ne les reverrez jamais. Tous nos efforts ne serviront qu'à lui, comme d'habitude. Il travaille avec la police, il se fait donner tous les concours, il se fait ouvrir toutes les portes, et, en fin de compte, quand le but est atteint, grâce à lui, je l'avoue, il fait une pirouette et décampe avec l'enjeu de la partie. »

Van Houben qui, malade, exténué, avait dû prendre le lit, bredouilla :

« Fichus, alors ? Plus la peine de les chercher ? »

Béchoux avoua son découragement et dit avec une humilité qui n'était pas sans noblesse :

« Il faut se résigner. Rien à faire contre cet homme. Il a, dans l'exécution de ses plans, des ressources d'invention et d'énergie inépuisables. La manière dont il m'a imposé l'idée d'une issue secrète, chez les Martin, et dont il m'a fait sortir d'un côté pour pouvoir sortir de l'autre côté, les mains dans ses poches, ça, c'est du génie. La lutte est absurde : pour moi, j'y renonce.

— Eh bien ! pas moi ! » s'écria Van Houben en se dressant.

Béchoux lui dit :

« Un mot, monsieur Van Houben. Êtes-vous tout à fait ruiné par la perte des diamants ?

— Non, dit l'autre, en un accès de franchise.

— Eh bien, contentez-vous de ce qui vous reste, et, croyez-moi, ne pensez plus à vos diamants. Vous ne les reverrez jamais.

— Renoncer à mes diamants ! Ne jamais les revoir ! Mais c'est une idée abominable ! Voyons, quoi, la police poursuit ses investigations ?

— Sans entrain.

— Mais vous ?

— Je ne m'en mêle plus.

— Le juge d'instruction ?

— Il va classer l'affaire.

— C'est odieux. De quel droit ?

— Les Martin sont morts, et on ne possède aucune charge précise contre Fagerault.

— Qu'on s'acharne après Lupin !

— Pour quoi faire ?

— Pour le retrouver.

— On ne retrouve pas Lupin.

— Et si l'on cherchait du côté d'Arlette Mazolle ? Lupin a un coup de passion pour elle. Il doit rôder autour de sa maison.

— On y a pensé. Des agents veillent.

— Seulement ?

— Arlette s'est enfuie. On suppose qu'elle a rejoint Lupin hors de France.

— Nom d'un chien, j'en ai de la déveine ! » s'écria Van Houben.

Arlette ne s'était pas enfuie. Elle n'avait pas rejoint Lupin. Mais, lasse de tant d'émotions et incapable de retourner encore à sa maison de couture, elle se reposait aux environs de Paris dans un joli pavillon entouré de bois et dont le jardin descendait, par des terrasses fleuries, jusqu'au bord de la Seine.

Un jour, en effet, pour s'excuser de sa mauvaise humeur d'un soir auprès de Régine Aubry, elle avait été voir la belle actrice, qui, très lancée maintenant, se préparait à jouer la commère d'une revue à grand spectacle. Les deux jeunes femmes étaient tombées dans les bras l'une de l'autre, et Régine, trouvant Arlette pâlie et soucieuse, sans plus l'interroger, lui avait proposé comme retraite ce pavillon qui lui appartenait.

Arlette accepta aussitôt et prévint sa mère. Le lendemain, elle alla dire adieu aux Mélamare qu'elle trouva heureux, allègres, libérés de leur soumission maladive à un passé d'où Jean d'Enneris avait chassé l'ombre redoutable du mystère, et faisant déjà des plans pour rajeunir et vivifier le vieil hôtel de la rue d'Urfé. Et le soir même, Arlette, à l'insu de tous, partait en automobile.

Deux semaines s'écoulèrent, nonchalantes et paisibles. Arlette renaissait dans ce calme et dans cette solitude, et, sous l'éclatant soleil de juillet, reprenait de fraîches couleurs. Servie par des domestiques de confiance, elle ne sortait jamais du jardin et rêvait au bord de la Seine sur un banc qu'abritaient des tilleuls en fleur.

Parfois un canot chargé d'un couple d'amoureux passait au fil de l'eau. Presque chaque jour un vieux paysan venait pêcher dans une barque attachée à la berge voisine, parmi les rocs tout ruisselants de vase. Elle causait avec lui, en suivant des yeux le bouchon de liège qui dansait au gré des petites vagues, ou bien elle s'amusait à regarder, sous son grand chapeau de paille en forme de cloche, le profil du bonhomme, son nez busqué, son menton aux poils drus comme du chaume.

Un après-midi, comme elle approchait, il lui fit signe de ne pas parler et elle s'assit doucement à côté de lui. Au bout de la longue canne, le bouchon s'enfonçait et remontait par soubresauts. Un poisson cherchait à mordre. Il se défia sans doute. La toupie de bois reprit son immobilité. Arlette dit gaiement à son compagnon :

« Ça ne vas pas aujourd'hui, hein ? On est bredouille.

— Très belle pêche, au contraire, mademoiselle, murmura-t-il.

— Cependant, reprit Arlette, désignant le filet vide sur le talus, vous n'avez rien pris.

— Si.

— Quoi donc ?

— Une très jolie petite Arlette. »

Elle ne saisit pas d'abord et crut qu'il avait prononcé Arlette au lieu de « ablette ». Mais alors, il connaissait donc son nom ?

L'erreur ne dura pas. Comme il répétait :

« Une jolie petite Arlette, qui est venue mordre à l'hameçon... »

Elle comprit soudain : c'était Jean d'Enneris ! Il avait dû s'entendre avec le vieux paysan et lui demander sa place pour un jour.

Elle fut effrayée et balbutia :

« Vous ! vous ! allez-vous-en... Oh ! je vous en prie, partez. »

Il ôta la vaste cloche de paille qui lui recouvrait la tête et il dit en riant :

« Mais pourquoi veux-tu que je m'en aille, Arlette ?

— J'ai peur... je vous en supplie...

— Peur de quoi ?

— Des gens qui vous cherchent !... des gens qui rôdaient autour de ma maison à Paris !

— C'est donc pour cela que tu as disparu ?

— C'est pour cela... j'ai si peur ! je ne veux pas que vous tombiez dans le piège à cause de moi. Allez-vous-en ! »

Elle était éplorée. Elle lui prenait les mains, et ses yeux se mouillaient. Alors il lui dit doucement :

« Sois tranquille. On espère si peu me trouver qu'on ne me cherche pas.

— Près de moi, si.

— Pourquoi me chercherait-on près de toi ?

— Parce qu'on sait... »

Arlette devint toute rouge. Il acheva :

« Parce qu'on sait que je t'aime et que je ne peux vivre sans te voir, n'est-ce pas ? »

Elle recula sur le banc, et, sans crainte cette fois, déjà rassurée par le calme de Jean :

« Taisez-vous... ne dites pas de ces choses... sinon je devrai partir. »

Ils se regardaient bien en face. Elle s'étonnait de le voir si jeune, beaucoup plus jeune qu'avant. Sous la blouse du vieux paysan, le col nu, il avait l'air d'avoir son âge, à elle. D'Enneris hésitait un peu, intimidé subitement par ces yeux graves qui le dévisageaient. À quoi pensait-elle ?

« Qu'est-ce que tu as, ma petite Arlette ? On croirait que ça ne te fait pas plaisir de me voir ? »

Elle ne répondit pas. Et il reprit :

« Explique-toi. Il y a quelque chose entre nous qui nous gêne, et je m'y attendais si peu ! »

D'une voix sérieuse, qui n'était plus celle de la petite Arlette, mais d'une femme plus réfléchie et qui se tient sur la défensive, elle prononça :

« Une seule question : pourquoi êtes-vous venu ?
— Pour te voir.
— Il y a d'autres raisons, j'en suis sûre. »

Au bout d'un instant, il avoua :

« Eh bien, oui, Arlette, il y en a d'autres... Voici. Tu vas comprendre. En démasquant Fagerault, j'ai brisé tous tes plans, tous tes beaux projets de femme courageuse, et qui veut faire du bien. Et j'ai cru qu'il était de mon devoir de te donner les moyens de continuer ton effort... »

Elle écoutait distraitement. Ce qu'il disait ne correspondait pas à son attente.

À la fin, elle demanda :

« C'est vous qui avez les diamants, n'est-ce pas ? »

Il dit entre ses dents :

« Ah ! c'est donc cela qui te préoccupe, Arlette ? Pourquoi ne m'en parlais-tu pas ? »

Il avait un sourire un peu ambigu, où sa nature perçait de nouveau.

« C'est moi, en effet. Je les avais découverts sur le lustre, la nuit précédente. J'ai préféré qu'on ne le sût pas et que l'accusation portât sur les Martin. Mon rôle eût été plus net dans cette affaire. Je ne croyais pas que le public devinerait la vérité... cette vérité qui t'est désagréable, n'est-ce pas, Arlette ? »

La jeune fille continua :

« Mais, ces diamants, vous allez les rendre ?

— À qui ?

— À Van Houben.

— À Van Houben ? Jamais de la vie !

— Ils lui appartiennent.

— Non.

— Cependant...

— Van Houben les avait volés à un vieux juif de Constantinople lors d'un voyage qu'il fit, il y a quelques années. J'en ai la preuve.

— Donc ils appartiennent à ce juif.

— Il est mort de désespoir.

— En ce cas, à sa famille.

— Il n'en avait pas. On ignorait son nom, le lieu de sa naissance.

— De sorte que, en définitive, vous les gardez ? »

D'Enneris eut envie de répondre en riant :

« Dame ! n'ai-je pas quelque droit sur eux ? »

Cependant, il répliqua :

« Dans toute cette affaire, Arlette, je n'ai cherché que la vérité, la délivrance des Mélamare et la perte d'Antoine que je voulais éloigner de toi. Pour les diamants, ils serviront à tes œuvres, et à toutes les œuvres que tu m'indiqueras. »

Elle hocha la tête et déclara :

« Je ne veux pas... je ne veux rien...

— Pourquoi donc ?

— Parce que je renonce, actuellement, à toutes mes ambitions.

— Est-ce possible ? Tu te décourages, toi ?

— Non, mais j'ai réfléchi. Je m'aperçois que j'ai voulu aller trop vite. J'ai été grisée par quelques petits succès, et il m'a semblé que je n'avais plus qu'à entreprendre pour réussir.

— Pourquoi as-tu changé d'avis ?

— Je suis trop jeune. Il faut travailler d'abord et

mériter de faire le bien. À mon âge, on n'en a pas encore le droit... »

Jean s'était approché.

« Si tu refuses, Arlette, c'est peut-être parce que tu ne veux pas de cet argent... et parce que tu me blâmes... Et tu as raison... Une nature aussi droite que la tienne doit s'offusquer de certaines choses qu'on a dites sur moi... et que je n'ai pas démenties. »

Elle s'écria vivement :

« Ne les démentez pas, je vous en supplie. Je ne sais rien et ne veux rien savoir. »

De toute évidence, la vie secrète de Jean l'obsédait et la tourmentait. Elle était avide de connaître la vérité, mais encore plus désireuse de ne pas percer un mystère qui l'attirait à la fois et lui faisait peur.

« Tu ne veux pas savoir qui je suis ? dit-il.

— Je sais qui vous êtes, Jean.

— Qui suis-je ?

— Vous êtes l'homme qui m'a ramenée un soir chez moi et qui m'a embrassé les joues... si doucement et d'une telle façon que je n'ai jamais pu l'oublier.

— Qu'est-ce que tu dis, Arlette ? » fit d'Enneris avec émotion.

Elle était de nouveau toute rouge. Mais elle ne baissa pas les yeux et répliqua :

« Je dis ce que je ne peux pas cacher. Je dis ce qui domine toute ma vie, et que je n'ai pas honte d'avouer, puisque c'est vrai. Voilà ce que vous êtes pour moi. Le reste ne compte pas. Vous êtes Jean. »

Il murmura :

« Tu m'aimes donc, Arlette ?

— Oui, dit-elle.

— Tu m'aimes... tu m'aimes..., répéta-t-il, comme si cet aveu le déconcertait, et qu'il essayât de comprendre la signification de telles paroles. Tu m'aimes... C'était là ton secret, peut-être ?

— Mon Dieu, oui, fit-elle en souriant. Il y avait le grand secret des Mélamare... et puis le secret de celle que vous appeliez l'énigmatique Arlette et c'était tout simplement un secret d'amour.

— Mais pourquoi n'as-tu jamais avoué ?...

— Je n'avais pas confiance en vous... je vous voyais si aimable avec Régine !... avec Mme de Mélamare !... avec Régine surtout... J'étais très jalouse d'elle, et par orgueil, par chagrin, je me suis tue. Une fois seulement, je l'ai rebutée. Mais elle n'en a pas su la raison... et vous non plus, Jean.

— Mais je n'ai jamais aimé Régine, s'écria-t-il.

— Je le croyais et j'en étais si malheureuse que j'ai accepté les offres d'Antoine Fagerault... par dépit... par colère... D'ailleurs, il me racontait des mensonges sur vous et sur Régine. Ce n'est que peu à peu, quand je vous ai revu chez les Mélamare, que j'ai compris.

— Que tu as compris que je t'aimais, n'est-ce pas, Arlette ?

— Oui, j'en ai eu l'impression plusieurs fois. Vous l'avez dit devant eux, et il m'a semblé que c'était vrai, et que tous vos efforts, tous les dangers que vous couriez... c'était à cause de moi. Me délivrer d'Antoine, c'était me conquérir pour vous... Mais, à ce moment, il était trop tard... les événements, plus forts que moi, m'entraînaient. »

L'émotion de Jean croissait à chacun de ces aveux, prononcés si tendrement et avec tant de grâce.

« C'est à mon tour d'avoir peur, Arlette.

— Peur de quoi, Jean ?

— De mon bonheur... et peur aussi que tu ne sois pas heureuse, Arlette.

— Pourquoi ne le serais-je pas ?

— Parce que je ne puis rien t'offrir qui soit digne de toi, ma petite Arlette. »

Il ajouta très bas :

« On n'épouse pas d'Enneris... On n'épouse ni Barnett ni... »

Elle lui mit la main sur la bouche. Elle ne voulait pas entendre ce nom d'Arsène Lupin. Celui de Barnett aussi la gênait et peut-être même celui de d'Enneris. Pour elle, il s'appelait Jean, sans plus.

Elle articula :

« On n'épouse pas Arlette Mazolle.

— Si, si ! tu es la créature la plus adorable, et je n'ai pas le droit de perdre ta vie.

— Vous ne perdrez pas ma vie, Jean. Ce qu'il adviendra de moi un jour ou l'autre, cela n'a pas d'importance. Non. Ne parlons pas de l'avenir. Ne regardons pas au-delà d'un certain temps... et d'un certain cercle que nous pouvons tracer autour de nous... et de notre amitié.

— De notre amour, veux-tu dire. »

Elle insista.

« Ne parlons pas non plus de notre amour.

— Alors de quoi devons-nous parler ? dit-il avec un sourire anxieux, car les moindres mots d'Arlette le torturaient et le ravissaient. De quoi parlerons-nous ? et que veux-tu de moi ? »

Elle chuchota :

« Ceci d'abord, Jean : ne me tutoyez plus.

— Drôle d'idée !

— Oui... le tutoiement, c'est de l'intimité... et je voudrais...

— Tu voudrais que nous nous éloignions l'un de l'autre, Arlette ? dit Jean, le cœur serré.

— Au contraire. Il faut nous rapprocher, Jean... mais comme des amis qui ne se tutoient pas, qui n'ont pas le droit, et qui n'auront jamais le droit de se tutoyer. »

Il soupira :

« Comme vous me demandez des choses difficiles ! N'es-tu plus... n'êtes-vous plus ma petite Arlette ? Enfin, j'essaierai. Et que voulez-vous encore, Arlette ?

— Une chose bien indiscrète.

— Parlez.

— Quelques semaines de votre existence, Jean... deux mois... trois mois de grand air et de liberté... Est-ce impossible, cela ?... deux amis qui voyagent ensemble dans de beaux pays ? Quand mes vacances seraient finies, je retournerais au travail. Mais j'ai besoin de ces vacances... et de ce bonheur...

— Ma petite Arlette...

— Vous ne riez pas, Jean ? J'avais peur... C'est si cousette, si petite main, ce que je vous demande !

N'est-ce pas ? vous n'allez pas perdre votre temps à filer la parfaite amitié avec moi, au clair de la lune, et devant des couchers de soleil ? »

D'Enneris avait pâli. Il contemplait les lèvres humides de la jeune fille, ses joues roses, ses épaules rondes, sa taille souple. Devait-il renoncer à la douceur d'espérer ? Au fond des yeux clairs d'Arlette, il voyait ce beau rêve d'une pure amitié, si peu réalisable entre deux amoureux. Mais il sentait aussi qu'elle ne voulait pas trop réfléchir, ni trop savoir à quoi elle s'engageait. Et elle demeurait si sincère et si ingénue en sa demande, que, lui non plus, il ne chercha pas à soulever les voiles mystérieux de cet avenir si prochain.

« À quoi pensez-vous, Jean ? dit-elle.

— À deux choses. D'abord à ces diamants. Cela vous déplaît que je les garde ?

— Beaucoup.

— Je les enverrai à Béchoux, de sorte qu'il aura le bénéfice de la découverte. Je lui dois bien cette compensation. »

Elle le remercia et reprit :

« L'autre chose qui vous préoccupe, Jean ? »

Il prononça gravement :

« C'est un problème redoutable. Arlette.

— Lequel ? Me voilà bouleversée. Un obstacle ?

— Non, pas précisément. Mais une difficulté à résoudre...

— À propos de quoi ?

— À propos de notre voyage.

— Que dites-vous ? Ce voyage serait impossible ?

— Non. Mais...

— Oh ! parlez, je vous en prie !

— Eh bien, voilà, Arlette. Comment s'habillera-t-on ? Moi, je me vois en chemise de flanelle, en salopette bleue et en chapeau de paille... Vous, Arlette, en robe de percale plissée accordéon. »

Elle fut secouée par un grand rire.

« Ah ! tenez, Jean, voilà ce que j'aime en vous... votre gaieté ! Parfois, on vous observe, et l'on se dit : « Comme il est obscur et compliqué ! » Et vous faites peur. Et puis votre rire dissipe tout. Vous êtes là, tout entier, dans cette gaieté imprévue. »

S'inclinant vers elle, il lui baisa le bout des doigts, respectueusement, et dit :

« Vous savez, petite amie Arlette, que le voyage est commencé. »

Elle fut stupéfaite de voir en effet que les arbres du fleuve glissaient à leur côté. Sans qu'elle s'en aperçût, Jean avait détaché l'amarre et la barque s'en allait à la dérive.

« Oh ! dit-elle, où allons-nous ?
— Très loin. Plus loin encore.
— Mais ce n'est pas possible ! Que dira-t-on si l'on ne me voit pas rentrer ? Et Régine ? Et cette barque qui ne vous appartient pas ?...
— Ne vous souciez de rien. Laissez-vous vivre. C'est Régine elle-même qui m'a indiqué votre retraite. J'ai acheté la barque, le chapeau cloche et la blouse, et tout s'arrangera. Puisque vous voulez des vacances, pourquoi tarder ? »

Elle ne dit plus rien. Elle se renversa, les yeux au ciel. Il saisit les rames. Une heure plus tard, ils abordaient une péniche où ils furent reçus par une dame âgée que Jean présenta.

« Victoire, ma vieille nourrice. »

La péniche était aménagée, à l'intérieur, en deux logements séparés, d'aspect clair et charmant.

« Vous êtes chez vous, de ce côté, Arlette. »

Ils se réunirent pour dîner. Puis Jean donna l'ordre de lever l'ancre. Le bruit du moteur gronda sourdement. On s'en allait par les rivières et les canaux, vers les vieilles villes et vers les beaux paysages de France.

Très tard, dans la nuit, Arlette demeura seule, étendue sur le pont. Elle confiait aux étoiles et à la lune qui se levait des pensées douces et des rêves tout remplis d'une joie grave et sereine...

Table

I. Régine, actrice 9

II. Arlette, mannequin 20

III. D'Enneris, gentleman détective 32

IV. Béchoux, policier 45

V. Est-ce l'ennemi? 61

VI. Le secret de Mélamare 72

VII. Fagerault, le sauveur 84

VIII. Les Martin, incendiaires 99

IX. Les fiançailles d'Arlette 115

X. Le coup de poing 130

XI. La Valnéry, fille galante 143

XII. Arsène Lupin 160

Épilogue 179

Achevé d'imprimer en France par
CPI BUSSIÈRE (18200 Saint-Amand-Montrond)
en février 2021
N° d'impression : 2056361
Dépôt légal 1re publication : janvier 1970
Édition 25 - février 2021
LIBRAIRIE GÉNÉRALE FRANÇAISE
21, rue du Montparnasse – 75298 Paris Cedex 06